Flávio Ulhoa Coelho

Gambiarra

e outros paliativos emocionais

CB131668

ARTE PAUBRASIL

São Paulo, 2007

© by Flávio Ulhoa Coelho
Todos os direitos desta edição reservados
Manuela Editorial Ltda.
Rua Dr. Amâncio de Carvalho, 192/206 - Vila Mariana
04012-080 São Paulo, SP - Telefone (11) 5085.8080
e-mail: livraria@artepaubrasil.com.br
site: www.artepaubrasil.com.br

Editor
Raimundo Gadelha
Capa e projeto gráfico
Vaner Alaimo
Revisão
Juliana Ferreira da Costa
Impressão
Palas Athena

Dados Internacionais de Catalogação na Publicação (CIP)
(Câmara Brasileira do Livro, SP, Brasil)

Coelho, Flávio Ulhoa
Gambiarra e outros paliativos emocionais / Flávio Ulhoa Coelho. -- 1. ed. -- São Paulo : Arte Pau Brasil, 2007.

ISBN 978-85-99629-03-1

1. Contos brasileiros I. Título.

07-7266 CDD-869.93

Índices para catálogo sistemático:
1. Contos : Literatura brasileira 869.93

Impresso no Brasil
Printed in Brazil

Índice

Minhocão I

Estamos nos enganando nesta cidade. Cada vez que saio para dar uma volta por estas ruelas cinzentas e fétidas, sei que na realidade estou apenas dando uma pausa para a nossa vida, para o absurdo cotidiano daquele apartamento de trinta metros quadrados e carros passando à altura de nossas janelas. Você não sai, diz que lhe dá nos nervos ver todo o cinza da vizinhança, o lixo, os crimes, sentir o fedor e tem medo de morrer atropelada. Digo que vou sair e você retruca que morrer atropelado é a pior das mortes, é o símbolo supremo de que algo deu errado em nossa civilização e segue falando. E digo que só vou dar uma volta, e nos aborrecemos mutuamente.

E eu saio e você seguirá assistindo à sua televisão. Nos velhos tempos, eu ainda lhe provocaria dizendo que você vai morrer de câncer, tamanha a radiação que recebe da televisão e receberia como resposta que é muito mais digno morrer desta forma que... E seguiríamos discutindo sobre a melhor maneira de morrer e por horas criaríamos várias teorias sobre as várias coisas, por isso gostávamos tanto um do outro. Naqueles tempos ainda exercitávamos nossas mentes neste jogo estúpido. Mas hoje não. Hoje eu saio e você segue assistindo à sua televisão. Ambos já meio surdos devido àquele zumbido irritante e constante em nossa vida, por conta destes carros todos que passam à altura de nossas janelas. Definitivamente, estamos nos enganando nesta cidade. Saio, mas logo estarei de volta.

Salvador, dezembro de 1999.

Gambiarra

Frente àquela porta que já tinha atravessado tantas vezes, tantas vezes displicentemente, ela desta vez se percebeu muito pensativa. Estava calma, é certo, e com aquela sensação de torpor percorrendo o seu corpo, mas sabia que tão logo entrasse em casa e relaxasse, todas as lembranças da noite viriam a galope, atropelando-a, e seria inevitável a sensação de constante decepção, de perda. O insignificante ato de atravessar esta porta tantas vezes atravessada preencheria, desta vez, o freqüentemente gostoso vazio de final de noite com indesejáveis lembranças.

Abriu a porta muito lentamente. Já era meia madrugada e o silêncio prevalecia, às vezes cortado por um ou outro latido de cão, por um ou outro grito, um carro buzina ao longe, um algo indefinido às vezes a se manifestar, todos estes ruídos que não fazem parte da vida de ninguém, mas que preenchem os nossos silêncios, o ruidoso silêncio da madrugada. Foi até a cozinha, na geladeira achou uma fruta, um copo de leite, um pedaço de queijo. Ao subir para o segundo andar, não acendeu nenhuma luz no caminho, bastava-lhe aquela luz difusa do *hall* de entrada que ficara acesa e jogava uma penumbra quase que na casa toda, a penumbra que a permitia caminhar sem medo de tropeçar em nada.

Horas antes, fizera o caminho oposto. Tinha se arrumado para sair com ele, um jantar, os risos cordiais e corriqueiros de um jantar a dois, um beijo no cangote no estacionamento à espera do carro, um arrepio de resposta, a mão dele sobre a sua coxa a caminho do motel, um silêncio incômodo, comentários sobre o dia-a-dia no escritório, os risos com a graça do balé ao se despirem, um amor já sem tesão, o olhar deixado no espelho da suíte, a despedida com um beijo de toque e o indefectível *"me liga?"*, cada um para o seu canto, e ela ainda espera parada e pensativa frente à porta que tantas vezes atravessara automaticamente.

Agora no banheiro, despe-se lentamente e empilha descuidadamente a roupa em um canto. O espelho a desnuda simultaneamente e reflete a sua decepção com aquela noite. Ou teria sido a decepção com ela mesma?, pensou finalmente. O torpor não a ajudava a pensar direito, melhor assim, melhor o vazio, melhor o não às vezes, melhor apenas o torpor do final da noite, melhor isto, sim.

Sentiu o cheiro dele em seu corpo e entrou no chuveiro com a ilusão de que assim se livraria dele. A água quente atingiu os seus olhos fechados, foi ensopando seus cabelos, todo o corpo se molhando, a água escorrendo, e pouco a pouco levando embora o cheiro dele, mas, ao mesmo tempo, trazendo de volta a lembrança da noite, nem tudo segue pelo ralo. E o espelho agora reflete seu olhar por detrás de uma névoa, névoa que é sim parte de seus confusos pensamentos.

Seis meses antes, em uma festa de final de ano no escritório, os dois sobraram, sozinhos, em um canto, já depois de muita cerveja, conversando e flertando.

– Queria fazer amor com você, – ele cochichou aos seus ouvidos depois de tê-la beijado.

– Por que não? – ela respondeu rindo sem levá-lo muito a sério.

Não tardaram a fazer amor naquela mesma noite, e nenhum deles saiu decepcionado com aquela primeira transa. Assim como não se decepcionaram em nenhuma das outras tantas noites em que fizeram amor sem amor, naquele acordo tácito e não escrito em que ambos têm alguma coisa a ganhar. A conveniente companhia para tantas noites nesta cidade pequena, todos sabemos o que isto significa. Cruzavam-se no escritório e falavam-se como se nunca nada tivesse acontecido. Ele, normalmente muito rígido no trato profissional, ajudava-a vez ou outra, às escondidas. Ela nunca soube, nem permitiria.

Esfregou com força o sabão em seu corpo. A água a escorrer, meio que salgada agora, foi pouco a pouco limpando-a do cheiro dele. Sentia a língua dele ainda em seus seios, o pequeno vermelho deixado em seu pescoço. Sentiu-o de novo dentro dela e escutou claramente a frase que ele falou displicentemente enquanto gozava. De imediato, ela se magoou ao ouvir aquela frase, a frase que corta, a que não deixa mais nenhuma perspectiva, a que deixa claro de vez por todas por que dormiam juntos afinal. Não que ela já não soubesse de alguma forma, mas foi naquela hora que ela a escutou claramente pela primeira vez, humilhando-se.

De olhos fechados, deixava a ducha massagear a sua nuca, calmamente. Naquele escuro deixou seus pensamentos voarem. Se até à véspera daquele dia alguém tivesse perguntado-lhe como era fazer amor com ele, ela teria dito que era muito bom, mas não saberia descrever realmente, algo que fluía sem compromisso. Quando pensava nos outros, nas outras pessoas com quem dormiu, ela sempre tinha lembranças, sempre gostava de olhar as feições, gostava de ver o companheiro gozar, fazia parte de seu ritual. Mas não com ele; por algum motivo obscuro, nunca o vira nestas horas, desviava o olhar tão logo o sentia gozar, era como se estivesse sozinha, o prazer era seu, o gozo simultâneo, mas não compartilhado. Com ele, sentia que o prazer de ambos era individual. Em todo caso, se até à véspera alguém tivesse perguntado, não teria nenhuma dúvida quanto a resposta, fora sempre bom, muito bom. Mas foi nesta última noite que, pela primeira vez, o viu gozar. A água quente ainda a massageava quando tentou não pensar mais nisto.

Poucas horas antes, depois do jantar foram ao motel de sempre. Já na cama, ela percebeu que seria um daqueles dias em que não gozaria tão facilmente. Pela primeira vez sentiu o peso do corpo dele, seus beijos exagerados em seu pescoço, o seu rosto distante e, quando ele gozou, ela o olhava fixamente e, desta vez finalmente, ouviu a frase que tanto a machucou. Pela primeira vez o viu gozar e escutou o que dizia nestas horas. A frase repetida e repetida entre gemidos, a frase grosseira que a humilhava, que a cortava ao meio, a despedaçava, a esmagava. Quantas vezes ele já a tinha cortado com aquela frase? A frase que nunca prestou atenção, que nunca ouvira. Ele rolou para o seu canto e ela só queria ir embora dali. Mas antes, o espelho do motel pôde ver a sua decepção, o seu torpor. E ainda teve que ouvi-lo ressonar, ainda se sentiu sozinha, ainda relembrou a frase, o rosto, o gozo dele, que o dela não veio naquela noite.

Quando finalmente se sentiu livre do cheiro dele, saiu da ducha, enxugou-se cuidadosamente e, sem se vestir, voltou à sala, sentou-se no sofá, acendeu uma vela, um canto gregoriano a tocar, um vinho tinto e tudo isto a fez se lembrar que ainda devia algo a si mesma nesta noite. Seus dedos começaram então a percorrer descuidadamente o seu corpo, a acariciar, a passear lentamente por seus seios, seu ventre, seus pentelhos, encaracolados pentelhos, desciam até a vulva, que agora já estava úmida, seus dedos a penetrarem rapidamente e saírem úmidos, a rodearem o seu prazer, a incentivarem os seus vôos. Ajeitou-se no sofá, fechou seus olhos, relaxou seus ombros, abriu mais as pernas, seus dedos ainda a se acariciarem mais e mais, começando a sentir aquilo que ele já a fizera sentir em outros dias, mas não hoje, hoje só a frase, não o gozo, só aquela frase a tirá-la de lá com vergonha, a jogá-la de volta ao mundo tacanha. A vela trepidando, aquele coro de monges cantando religiosamente em seus ouvidos, os dedos a acariciarem, a penetrarem, uma voz a mais se une ao canto, ela se sentia agora sobrevoando catedrais góticas, um labirinto de corredores e salas a percorrerem sua reluzente retina. E depois o torpor, e depois do torpor um último gole preguiçoso no vinho, olhos dispersos olhando o teto.

Já era quase final de madrugada, aquela luminosidade difusa invadindo a sua casa, os ruídos noturnos que acalmam, a vela se acabava, e não só a vela e não só a madrugada.

Dormiu no sofá mesmo, quando já não havia mais vela nem canto nem mais vinho nem mais madrugada. Acordou tarde da manhã, leve como há muito, subiu a escada se espreguiçando e, ao entrar no banheiro, viu a pilha de roupas. Recolheu-as e sentiu o cheiro dele. Mas já era outro dia, ele já era de outro dia. Calmamente, mas sem hesitação, foi até o quintal, jogou-as todas no pequeno tanque de roupa, esguichou um pouco de álcool e tascou fogo. As roupas queimaram rapidamente diante de seu olhar tranqüilo, levando com a fumaça o cheiro dele e a frase que tanto a magoou.

Bahia Blanca-São Paulo, 1996-2002.

Tatuagens de estrelinhas nas antecostas

A agulha da injeção foi penetrando a pele, rasgando-a, microscopicamente, até chegar à veia. Um pequeno toque, e o refluxo trouxe de volta um pouco do sangue ao êmbolo. Pronto, tudo estava pronto para seguir adiante e nada iria, neste momento, desviar a atenção dele e dela. Estavam concentrados e era o que de principal restava para o desfecho daquilo tudo, o dia seguinte seria outro e um deles não iria se recordar de nada do que aconteceria a seguir, e ao outro silêncio absoluto, a ninguém interessava qualquer alarde. Um ficaria com a dúvida, com o seu desconforto, com o esquecimento, e teria que conviver com isto pelo resto da vida, o outro curtiria tudo isto de forma silenciosa e misteriosa, e também teria que conviver com isto, com o silêncio, qualquer indiscrição seria fatal a ele. Naquele êmbolo, um pouco do anestésico, seu único efeito colateral era que ela não se lembraria de nada do que tinha acontecido naquelas horas todas que antecederam aquele momento, o suficiente para que um tivesse o necessário tempo para fazer o que planejara, o suficiente para que um se lembrasse e o outro não. O suficiente para apagar da memória dela tudo o que acontecera desde um par de horas antes de encontrá-lo quieto na praia, tímido e aparentemente solitário, olhar perdido no horizonte, final de tarde modorrenta de verão.

Naquele verão, e era já final de verão, a moda, ao menos entre aquelas garotas silenciosas e discretas da praia daquele condomínio atrás da serra, era uma estrelinha cuidadosamente desenhada nas antecostas, ali mesmo na sobrebunda, estrelinha vermelha e discreta. Para vê-la em seu próprio corpo era preciso um espelho, e que aos outros ficava totalmente aparente logo acima do biquíni. Estrelinha minusculamente acompanhada de um símbolo indecifrável que servia como assinatura de quem o fizera. Era a moda, ou assim alguém o determinara. No dia que a garota descobria que suas antecostas já traziam a marca do verão, primeiro um susto, era sempre outra pessoa que apontava a tatuagem, primeiro o susto depois o estranhamento, o não-reconhecimento, a negação e, por fim, a zoação toda de todos os outros, era mais uma que não conseguiria escapar das marcas daquele verão. Várias, quase todas, já a terão quando o verão finalmente alcançar aquele inevitável estágio em que já é hora de subir a serra, voltar e encarar a metrópole novamente, o cotidiano, e todas elas dividiriam um segredo dali em diante, ninguém fora daquele grupo saberia realmente como aquelas estrelinhas tinham parado ali, o segredo persistiria, resistiria bravamente ao verão e até além dele, o silêncio prevaleceria por muito tempo. O olhar cúmplice existia, todas elas sabiam que algo aconteceu fora de seus controles e preferiam o silêncio. E seguiam a moda determinada por outros, uma estrelinha nas antecostas, símbolo daquela praia e daquele verão, símbolo daquela tribo.

A casa dele ficava no extremo final da praia. Praia longa e quase que só habitada no extremo de cá, era neste local que as casas do condomínio estavam, o bar onde as tribos se reuniam no final da tarde também era lá, a feira de artesanato, as lojinhas de beira de praia, as gangues, as arruaças, a música alta, o doce cheiro ao ar. Mas quem andasse pela praia via se aproximar uma casa, que chamava a atenção por sua simplicidade e localização, lá morava aquele rapaz aparentemente solitário que tanto agradava às garotas naquele verão. Era voz corrente que ele já dormira com muitas das garotas, principalmente naquela casa, naquele verão, naquele luar, e elas estavam o tempo todo comentando entre si quais seriam, dentre elas, as que tinham se deixado seduzir por seu cabelo encaracolado, seu jeitinho tímido de surfista calado, sempre sob os olhares curiosos e invejosos de vários outros garotos daquele condomínio. Mas nenhuma delas reconheceria isto, o silêncio era extremo, nenhuma delas saberia dizer se o que se falava a boca pequena era verdade ou não. E todas elas desconfiavam, sem reconhecer publicamente, que ele deveria estar relacionado com o misterioso aparecimento das famosas estrelinhas nas antecostas de muitas delas.

Ele gostava de ver a garota subir aquela escada de pedras, íngreme e improvisada, normalmente no final da tarde, ainda com o biquíni da moda, ainda de saída de praia, mas já começando a se excitar com a possibilidade de ficar um pouco com aquele surfista tímido de cabelo encaracolado que a convidara para um papo, um algo a mais, e os dois saberiam onde tudo terminaria e ansiavam por isto. E ele gostava de vê-las subir a pequena escada em fila indiana, elas sempre à frente, elas por vezes a olhar para trás rebolando, era o que o realmente agradava em viver naquele final de praia. Era verão e era praia e eram jovens e era o que queriam.

A agulha da injeção foi penetrando a pele, rasgando-a, microscopicamente, até chegar à veia. Um pequeno toque, e o refluxo trouxe de pronto um pouco do sangue ao êmbolo. E aí, tudo já estava pronto para seguir adiante e nada iria, naquele instante, desviar a atenção dele e dela. Estavam concentrados e era tudo o que queriam fazer naquele momento, o dia seguinte seria outro e um deles não iria querer recordar muito disto e ao outro, silêncio absoluto, a ninguém interessava o alarde que fosse. Naquele êmbolo, um pouco daquela droga que agora eles compartilhavam, antes de seguir o que tinham começado um par de horas antes, primeiro no escondido das pedras na praia, depois já na casa que dava para aquele pôr-de-sol espetacular, que ambos curtiram antes de se beijarem e começarem a fazer o que agora culminava com a injeção daquela droga nas veias, e que para ela era novidade, que resistiu um bocado antes de se deixar convencer e experimentar, e que para ele, mera repetição de seu cotidiano naquele verão. Não demorou muito para a droga fazer o seu efeito nos dois, ansiosos que estavam para os sonhos que queriam sonhar.

Ao entrar na casa, ela tinha visto todo o material que ele usava para fazer tatuagens, ele próprio trazia uma em seu tornozelo, uma única, misteriosa, pequena mas chamativa tatuagem, algo a ver com o grito primal que ele tentou explicar a ela, mas ficou na tentativa, o verbal não era seu forte. Ele disse a ela que, quando quisesse, ele poderia fazer uma tatuagem em seu belo corpinho e ela rindo disse que sim, talvez, algum dia, estava mais interessada agora em continuar a acariciá-lo, já agora faziam um amor rebelde e barulhento. Nesta hora ela afinal descobria o seu segredo, que era ele quem fazia as famosas estrelinhas nas antecostas de muitas de suas amigas, era sua sim a assinatura que aparecia minusculamente ao lado da tatuagem principal. Já se convencera de tudo isto, mas ainda a intrigava muito não saber como ele as fazia secretamente, queria sim descobrir tudo e ser a primeira a saber do mistério que tanto a perturbava e às suas amigas, e ser a primeira a ir contar às outras, a primeira a ter certeza de quem já dormira com ele. Com certeza, pensou, ela não permitiria que ele fizesse a famosa estrelinha, mas neste momento em que a mente se entorpecia toda e ela se entregava toda a ele, sua única preocupação imediata era se concentrar em seu gozo. Tudo a seu tempo, tudo a seu tempo, repetia a si mesma, olhos fechados e um pouco zonza.

Quando ele retirou a agulha de seu braço, já ele e já ela estavam os dois distantes deste mundo e se amaram por horas até o momento que ela acordou de um sono ligeiro e se viu amarrada, nua e imóvel em uma estranha cadeira suspensa e presa ao teto que ele manipulava à vontade, virando-a em todas as posições que lhe apetecesse e que lhe permitiria fazer, sem a sua permissão, tudo o que já tinham feito consensualmente. Ela achou graça inicialmente, queria ser possuída por ele em uma estranha posição, como se flutuasse naquela cadeira giratória. Parecia até que não se fixava em lugar nenhum, mas ele nem deu bola para seus comentários. Ainda viajando, ela ainda precisou de um tempo para perceber que ele agora estava por demais concentrado com suas agulhas, e preparava a tinta vermelha com aquele esmero que só têm os que sabem o que estão fazendo. Por demais concentrado para prestar atenção no que ela agora falava. Ela sentiu-se então perigosamente amarrada, já não tinha mais tanta graça, desembestou a falar e com o tempo, convencendo-se amarrada definitivamente, desembestou a pedir e desembestou a gritar, alternava agora seu desespero com a ingênua pretensão de poder convencê-lo a soltá-la sem se aperceber que nada o distraía, tão concentrado que estava com suas agulhas. Nenhuma casa por perto, nada o preocupava realmente, além disto estes gritos primais o excitava, o inspirava realmente.

As agulhas cutucavam-na microscopicamente, rasgando sua pele e deixando nela a marca vermelha se transformando em estrelinha. A estranha e flutuante cadeira a deixava em uma posição sem esperança para reagir, uma paradoxalmente cômoda posição que agora a deixava entre a vergonha e a raiva, vez por outra ele a acariciava, mas ela já não sentia nada, as picadas sim sentia, a vergonha sim sentia, a raiva sim sentia, mas não o gozo, apesar de seus toques carinhosos, o gozo já era parte do passado. Sua garganta já rouca, convenceu-se finalmente de que era inútil continuar gritando, fechou os olhos, uma lágrima caiu, mistura de dor, raiva, vergonha e medo. E decepção!

A agulha de injeção foi penetrando a pele, rasgando-a, microscopicamente, até chegar à veia. Um pequeno toque, e o refluxo trouxe de volta um pouco do sangue ao êmbolo. Pronto, tudo estava pronto para seguir e nada iria, neste momento, desviar a atenção dele e dela. Ela estava agora assustada com tudo aquilo, sentindo-se impotente e não restaria muito disto tudo no dia seguinte, ela não iria se recordar de nada do que aconteceria a seguir e a ele sobraria o silêncio absoluto, a ninguém interessava o alarde. Ela ficaria com a dúvida, com o esquecimento, e teria que conviver com isto pelo resto da vida, a ele restava a certeza de que conseguira fazer de novo o planejado de forma silenciosa e misteriosa, e também teria que conviver com isto, qualquer indiscrição seria fatal a ele. Naquele êmbolo, um pouco do anestésico, seu único efeito colateral era que ela não se lembraria de nada do que tinha acontecido naquelas horas todas que antecederam aquele momento, o suficiente para que um tivesse o seu tempo para fazer o que planejara, o suficiente para que ele lembrasse e se excitasse a cada lembrança, mas ela não, nem lembrança nem excitamento. Apenas a eterna dúvida.

No dia seguinte, uma estrelinha a mais no firmamento das inúmeras antecostas daquela praia.

Ele gostava de ver a garota subir aquela escada de pedras, íngreme e improvisada, normalmente no final da tarde, ainda com aquele shortinho e a camiseta colada ao corpo que realçava seus seios pequenos, ela já começando a se excitar com a possibilidade de ficar um pouco com aquele surfista tímido de cabelo encaracolado, que a convidara para uma bebida, um algo a mais, e os dois saberiam onde tudo terminaria e ansiavam por isto. E ele gostava daquela cena que agora tanto o encantava e ela rebolava de propósito para ele, olhar maroto de soslaio. Era verão e era praia e eram jovens e era o que queriam.

Ela topou ir até sua casa, escada acima, pois estava desconfiada que o misterioso surfista tinha algo a ver com aquela moda do verão, na véspera tinha observado sua amiga desaparecer por entre o emaranhado de árvores que escondia uma escada de pedra íngreme, a mesma que agora subia. Justo a amiga que trazia agora em suas antecostas uma estrelinha vermelha, a moda daquele verão, e que dizia desconhecer, sob os risos dos outros, como é que ela tinha aparecido lá. Era sincera em sua negação, mas a ninguém importava a sinceridade naquele momento. Eram jovens e era verão.

Ela via agora na sala da casa dele todo o material que ele normalmente usava para fazer suas tatuagens, e foi nesta hora que teve a certeza de que era ele sim que fazia as estrelinhas, era sua a assinatura que aparecia minusculamente ao lado da tatuagem principal, mas ainda a intrigava como as fazia secretamente, queria descobrir tudo e ser a primeira a saber do mistério que tanto perturbava suas amigas. Com certeza, pensou, ela sairia de lá sem a estrelinha, mas sua curiosidade a levava a ficar para entender o que realmente se passava e que ninguém sabia contar. O porquê de todo o silêncio das amigas, o porquê de todo o segredo.

Viu uma estranha e giratória cadeira em um canto da sala e perguntou curiosa para que servia. Ele propôs mostrar-lhe e ela topou, sentou-se e se deixou amarrar, despiu-se antes, ele assim o sugeria. Ele a virou em várias posições e em cada uma delas, tocou-a, acariciou-a, e ela foi se excitando, aquilo era bem divertido. Ele sumiu um pouco de suas vistas, e quando ela percebeu, ele trazia em suas mãos uma seringa.

A agulha daquela seringa foi penetrando lentamente sua pele, rasgando-a, microscopicamente, até chegar à veia. Um pequeno toque, e o refluxo trouxe de volta um pouco do sangue ao êmbolo. Naquele êmbolo, um pouco da droga que agora eles compartilhavam antes de seguir o que tinham começado um par de horas antes, ela o procurara no final da tarde, e ele se sentiu seguro para propor irem até sua casa, ali, dizia, naquele morro, era só subir uma pequena escada de pedras e lá estariam, poderiam conversar, beber algo, amarem-se até, quem sabe até uma droga na veia, ele propôs, sem vergonha alguma. Era verão e eram jovens. A injeção na veia, ela ali amarrada e ele todo satisfeito, os dois excitados, a nenhum deles era novidade, mera repetição do cotidiano daquele verão, os dois a caminho de sonhar os sonhos que escolheram sonhar.

A agulha da injeção foi penetrando em sua pele, rasgando-a microscopicamente, até chegar à veia. Um pequeno toque, e o refluxo trouxe de volta um pouco do sangue ao êmbolo. Pronto, tudo estava pronto para prosseguir e nada iria, naquele exato momento, desviar a atenção dela e dele. Ela estava concentrada e era tudo o que restava para o final daquilo tudo, o dia seguinte seria outro e um deles não iria se recordar de nada que aconteceria a seguir e ao outro, restava o silêncio absoluto, a ninguém interessava o alarde, justo agora que tudo se desvendara. Um ficaria com a dúvida, com o esquecimento, e teria que conviver com isto pelo resto da vida, o outro curtiria tudo isto de forma silenciosa e misteriosa, e também teria que conviver com isto, qualquer indiscrição seria fatal a ela. Naquele êmbolo, achado em suas coisas, um pouco do anestésico que ela tão bem conhecia, seu único efeito colateral era que ele, que agora dormia o sono dos justos, não se lembraria de nada do que aconteceu naquelas horas todas que antecederam a picada da agulha, o suficiente para que um tivesse o seu tempo para fazer o que tinha a fazer, o suficiente para que um se lembrasse de tudo e o outro não. O suficiente para apagar da memória dele tudo o que fizera desde um par de horas antes de encontrá-la quieta na praia, sorrindo e olhando o horizonte daquele imenso mar. Retirou a agulha do braço dele muito satisfeita da vida, nem tivera muito trabalho para se soltar daquela cadeira esquisita tão logo ele pegara no sono, gozo recém-sentido.

Dia seguinte, ele descobre ao lado de sua tatuagem primal um pequeno símbolo, mais parece uma assinatura e, desde então, terá que conviver com o olhar estranho de uma bela garota sardenta e de cabelo ruivo e seios pequenos, com seu sorriso gracioso toda vez que se cruzavam. Já era o último final de semana daquele verão, em que a moda foi um biquíni de flores e uma tatuagem de estrelinhas nas antecostas. Todos já se preparando para a lenta subida da serra, o final do verão chegando implacavelmente.

Butantã, maio de 2005.

Bognerstrasse

Alguém sorriu de passagem...

Em uma destas tardes quaisquer de um destes dias quaisquer, sentado em uma destas inúmeras praças quaisquer daquela cidade, sentindo-se um destes seres viventes quaisquer, ele pensou em como era bom estar assim tranqüilo, em seu canto, vendo a vida passar, as pessoas passarem, o sol se pondo lentamente, pensando na única história que vale a pena contar, a única que vale a pena escrever. Sentindo-se de bem com a vida, de como era bom estar ali naquele canto que definiu como seu e saber que nada mais importava, e saber que, mesmo sozinho, estava bem acompanhado.

A vida passa sim, e como! E no meio desta passagem inútil e apressada, contamos muitas histórias e vivemos todas elas e as relembramos várias vezes, por dias até, as contamos todas para todas aquelas pessoas que queremos bem e sim, sempre as queremos muito bem. Todos os dias, sim, as noites todas, os momentos todos, as histórias todas, mesmo as que não merecem ser contadas, mesmo as que não são exatamente aquelas que agora ele pensava com tanto gosto, a que merecia ser contada, aquela, a única. Até o dia em que se está sentado em um parque, sentado no encosto do banco com os pés displicentemente pousados no assento, vendo a vida passar, vendo os passantes por cima, e ela, cabelos negros e olhar otimista, passa por ti e sorri de passagem e vocês sorriem um para o outro e ela segue sozinha, sem importar que era apenas um sorriso, quem se importaria em querer mais que um sorriso naquele final de tarde tranqüilo? Quem não se satisfaria com apenas um sorriso? Belo sorriso daquela mulher a combinar com o Sol que agora se põe (*o Sol na sombra se aquece*). Tu feliz e contente da vida por causa deste sorriso, deste lento pôr-de-sol, de todas as tuas relembranças e histórias todas nem percebe que ela, que tinha te jogado um sorriso de passagem, com seus cabelos negros e jeito mediterrâneo, parou logo adiante e nem percebe que ela parece te esperar logo adiante, te espera sorrindo aquele sorriso de passagem (*alguém sorriu de passagem em uma cidade estrangeira,* alguém cantarolou distraído), e só vai perceber isto séculos depois, uma eternidade sim, que só não é maior porque a realidade insiste muitas vezes em ter uma contagem de tempo distinta da nossa. Independentemente destes detalhes todos, que a ti pouco importavam naquele momento de final de tarde, frente ao belo pôr-de-sol e naquela praça cheia de crianças de bem com a vida, ela ainda te espera sorrindo aquele suave sorriso, parada, olhando-te à distância, fingindo impaciência. Como era bela assim parada, olhando em tua direção, até parece que te espera, tu finalmente pensas, bem cuidadosamente, para não perturbar aquele momento, qualquer pensamento impertinente poderia destruir todo aquele cenário que construíra para ti naquele final de tarde.

– O que aconteceu? – ela pergunta. Vai ficar parado aí muito tempo?

E você ainda olha para os lados a confirmar que aquela jovem fala com você, sorri amavelmente, espera-o impacientemente. A certeza de que ela está efetivamente falando com você, você só a terá quando fizer um sinal a ela, meio que surpreendido, perguntado se é com você mesmo que...

– Deixa de palhaçada, vamos embora porque estamos atrasados.

Definitivamente era com você que ela falava, não havia mais dúvida, o sorriso, de passagem que fosse, era para você sim. Mesmo assim, ganhar tempo era importante, do que ela estava falando afinal?

– Estamos? Atrasados para que? - instintivamente, ele se levanta, o sol já se pôs, e a segue mesmo sem saber para onde, mesmo sem saber porquê. Ela nem o esperou chegar perto e retomou sua caminhada, passos largos e seguros, que ele teve que se apressar para alcançá-la.

– Atrasados sim! - sorriu condescendente. E você sempre se esquecendo da hora, querido. Vamos logo...

O carinho com que ela disse isto a ele, *querido?* sorrindo, e sim o beijo suave que acompanhou o suave sorriso, e sim o toque no rosto que acompanhou o beijo que acompanhou o sorriso, tudo isto o fez se convencer a segui-la. Não sabia por que a acompanhava nem para onde iam, mas o sorriso dela, a sua mão pegada à dela, o seu total descompromisso com a vida naquela tarde, a única história que merece ser contada. Até parecia que ele, hoje, era outra história. Eles eram, neste instante, uma outra história.

E foram juntos, ela em um passo firme, segura de si, sempre falando, sempre carinhosa, e ele ainda confuso e calado, mas feliz, mais feliz. Na entrada do metrô, ele lhe deu um beijo de leve no rosto, surpreendendo-a, como se fosse um beijo de despedida, como se cada um naquele momento fosse para o seu lado, algo singelo nascendo entre eles mas ainda não explícito. Para sua surpresa, no entanto, suas mãos permaneceram juntas e ele continuou a segui-la, até o fim do mundo, era este o seu espírito, até o final dos tempos...

Chegaram ao que, para ti, era o apartamento dela, olhava tudo com disfarçada curiosidade, tentando te achar um pouco naquele lugar totalmente desconhecido. Conversaram como bons amigos que eram, jantaram, fizeram amor ao final. Para ti, o amor primeiro, a primeira vez, a lenta descoberta do outro, o gozo prolongado, sincero; a ela não era a novidade, e sim a gentileza, que importava, os carinhos demorados, o leve toque, o arrepiar, e seguramente nenhum dos dois se decepcionou naquele dia, naquela noite. Como é bom o amor tranqüilo, tu pensavas nisto, olhar disperso em algum ponto do teto de gesso, sentindo o que todos sentimos depois do gozo, depois da troca cúmplice de olhares e carinhos suaves, pensavas nisto e naquilo sem compromissos, no exato momento em que ela te disse que já era hora de ir. Pego de surpresa, tu reclamastes, quer dizer que não poderei dormir aqui?

– Já discutimos isto tantas vezes – ela murmurou, até meio triste – também não queria que você fosse assim, mas...

Já discutimos?, tu pensastes sem lembrar de nada. Tentou o truque que sempre funcionava.

– Está frio, esta noite...

– Você bem sabe que eu o queria aqui, mas..., respondeu firme mas desviando o olhar para a janela, que agora mostrava algumas sombras vindas da luz da rua.

A tua tentativa de sedução, estava claro, não a convenceu e tu começastes a se vestir, estavas agora muito inseguro ali, já era outro momento. E ela se encolhia cada vez mais em seus lençóis, desviando o olhar, o olhar triste de quem fica, o que fica sempre sofre mais, o que se vai tem o caminho a percorrer, o que fica, fica com o silêncio. Tu até ousastes olhá-la, ela tinha o jeito tranqüilo, o olhar forte, parecia mais forte que ti, apesar da tristeza daquele momento, em algum momento teria a oportunidade de dizer isto, e ela com certeza discordaria desta tua opinião, apenas por cortesia.

– Não faça muito barulho quando sair, ela disse quebrando o silêncio, precisava dizer algo para espantar a tristeza – senão a velha acorda.

– Claro, a velha..., você não sabia muito o que dizer – Deve estar dormindo agora, não é?, brincou e com isto arrancou um sorriso de passagem, primeiro dela e logo correspondido por você, voltara a sorrir, ainda encolhida nos lençóis, doía tanto ter que ir embora e deixar aquele sorriso para trás. - Como nos vemos de novo?, arriscou perguntar, se é que iremos nos ver de novo, arriscou pensar.

Ela pareceu surpresa mas sorriu, como poderia deixar de sorrir de sua pretensa ingenuidade, sim nos veríamos, pensou ela, você não me escapa assim tão fácil, disse baixinho, para o deleite de ambos... E você bem sabia, ela dizia agora, sorriso aberto no rosto, que você deveria esperar comportadamente na rua dos fundos até ela aparecer na janela, um sinal, e você iria para a frente da casa, esperar por ela para abrir a porta, subir em silêncio e no escuro, segui-la até o quarto e... (e só agora que você se tocou que também, desta vez, subiram em silêncio e no escuro, deve ser para não incomodar a velha, quem quer que ela seja...). Mas ela não se incomodou em explicar-lhe como se fosse a primeira vez, e já era a milésima, gostava de seu jeito inconseqüente de ser. Sorrindo, venceu o frio, levantou-se enrolada nos lençóis, o que lhe impediu de vê-la totalmente nua, levou-o até a janela e disse:

– Está vendo aquela loja?

Não, não a via nem estava prestando atenção, como poderia? olhava sim para ela, sua pele macia e branca, seus cabelos negros e desarrumados, ela era tão especial, seu jeito seguro de ser. Nem a escutava, sentia o seu cheiro, tentava imaginá-la de novo, ainda não havia explorado todos os detalhes de seu corpo, iria ainda ter todo o tempo do mundo para isto algum dia, pensava. E ela sabia disto tudo, que você a olhava e a desejava, mas mesmo assim continuou a explicação, milésima vez, feliz da vida e você, primeira vez que escutava, tentava memorizar sem parecer que prestava atenção.

– Você fica ali, esperando, debaixo daquela marquise, está vendo?, naquele escuro perto da vitrine. Quando eu chegar, venho até a janela, dou um sinal e você vai para a frente da casa me esperar – deu um belo sorriso.

– Eu dou a volta e você abre a porta, é isto?, estava sorrindo, ambos aliás, como é bom o amor tranqüilo!

– É isto! os seus olhos pediam para você insistir em ficar.

– Sem barulho para não acordar a velha, não é?, os seus olhos também.

– Em total silêncio para não acordar a velha, repetiram em uníssono e os dois gargalharam admirados pelo estranho entrosamento.

– É! É isto que eu gosto em você. É sempre novidade, é sempre a primeira vez, mão dela acariciando agora o seu rosto, olhos profundos nos seus.

Você sorriu e pensou: ainda bem que ela gosta, ainda bem...

Resolveu ir a pé para casa. Não era perto e era tarde da noite, mas foi assim mesmo. Os barulhos da noite assustam-lhe, não é verdade?, mas mais ainda o que acontecia. Não pôde dormir: o que estava acontecendo? Para ela, era uma continuação natural, e para você, agradável novidade. Passou uma longa noite, olhar fixo no teto, ainda sentindo o gozo de horas atrás, ainda sentindo seus lábios naquele corpo branco, percorrendo-o todo, ainda ouvindo-a gemer baixinho, olhos fechados e o sorriso de passagem. Uma longa e deliciosa noite de insônia.

Voltou lá nos dias seguintes e a cada dia foi aprendendo coisas novas com ela, e era cada vez mais difícil sair de lá, frio que estivesse, madrugada que fosse. Lá que agora era a sua vida, não em outro lugar, lá que era a sua história. E que também não era, não sabia nada dela, por muitas vezes ficou à espreita para vê-la chegar, sair, onde trabalhava? Uma vez você a seguiu, procurou-a em outros lugares, procurava-a em algum canto de seu passado, de seu cotidiano, deveria ter algo dela em algum lugar lá. Aos poucos, foi vivendo uma outra história e foi aceitando-a com tranqüilidade e muita felicidade.

Após cada noite que passavam juntos, sempre pedia instruções de como lá voltar, e ela repetia tudinho toda extasiada, enquanto acompanhava-o até a janela, pedia instruções de como fazer amor do jeito que ela gostava, do que ela gostava, de tudo o mais, tudo conforme aquele jogo gostoso que a vocês tanto agradavam, era tudo novidade, mesmo quando não fosse, repetiam-se várias vezes seus momentos juntos, contavam um ao outro como se novidade fosse o que gostavam, como gostavam, a exaustão não existia. Foi lá que voltou a sentir tantos sentimentos, e com esta sua nova rotina de ir lá, de esperar ser chamado na marquise da loja, de subir em silêncio a escada, daqueles poucos e infinitos momentos, foi sentindo que sim era lá a sua história, e se desligando pouco a pouco do que ainda possuía fora daquele quarto, longe daquela janela, longe da misteriosa velha que requeria silêncio...

Era como se fosse uma vida paralela que já existia e que só agora ele participava efetivamente. Onde estivemos todo este tempo? ele quis saber um dia.

– Estivemos sempre aqui, que pergunta sem nexo. Desde o dia em que nos conhecemos, este tem sido nosso cantinho.

– Não foi isto que eu quis dizer – nem ele sabia ao certo...

Ficaram um instante em silêncio. Suas mãos procuraram pela pêra, a que se *esquece sonhando em uma fruteira,* cortou-a, comeu-a. Após o que foi uma eternidade, você a olhou, ela que agora se quedava pensativa ao seu lado, fingindo se concentrar em sua taça de café. Era uma tarde de outono, a luminosidade difusa a entrar pela janela, você imprudentemente voltou a falar:

– Você nunca sentiu vontade de romper com tudo e começar uma vida nova?

– Você não está feliz aqui comigo?, ela perguntou, primeira vez a sério.

– Não é isto. Nunca fui tão feliz – sorriu para ela, fez aquela cara de por favor não me interprete mal, o olhar de não foi isto que quis dizer, abraçou-a por trás, beijou-lhe a nuca, mas seguiu falando – perguntava em teoria. Ter outra vida, com alguém que se ama, outra vida, mas com a mesma pessoa, outras..., parou de falar de repente, na realidade não estava sabendo se expressar.

– Não te entendo.

– Também não sei. Penso muito numa história que ouvi recentemente. Um dia durante o regime militar, um cara desapareceu. Como ele esteve trabalhando em um sindicato, acharam que ele era um dos tantos desaparecidos. A família dele o procurou por muito tempo mas, ao final, todos se resignaram. Receberam uma indenização do Estado não faz muito tempo, uma destas indenizações para as famílias de desaparecidos.

Ela ficou em silêncio, você mal sabia o quanto que isto a incomodava. Deveria saber sim, tanto tempo juntos, onde você queria chegar com aquela conversa?, ela se perguntava, tentando esconder a tristeza e a incerteza que agora cresciam dentro de si. Mas você não percebia o desconforto dela e continuou.

– Recentemente, a imprensa o descobriu. Está vivo, tem família em outra cidade, outra vida, outra história. Ele simplesmente resolveu desaparecer, mudar totalmente de vida, cortar os vínculos. Outra história, uma quebra total, é um sentimento tão estranho..., divagava agora como se estivesse sozinho.

Ficaram um tempo em silêncio, você ainda não percebendo o quanto esta história a machucava e ela não entendendo bem o que se passava. Aos poucos, você foi percebendo que fora longe demais, este é o perigo de não se conhecer totalmente com quem se vive. Por fim, ela disse:

– Eu não seria capaz disto não. Gosto muito de meus vínculos, disse acariciando-o, tentando mudar o rumo da conversa, e recebendo como retorno um sorriso de passagem. Mas você estava confuso ainda, e insistiu.

– Mas você acha isto possível, quebrar todos os vínculos com a própria história e começar outra? – o idiota ainda não tinha percebido o terreno que estava entrando.

– Não sei...

– Este não conseguiu.

– Se a imprensa não o tivesse descoberto.

– Fico pensando nesta história, a única que merece ser contada...

– A hora e a vez de Augusto Matraga.

– Como ?

– A hora e...

– É! Quer dizer, é diferente, sei lá... Lá houve uma mudança, não uma quebra, a história é uma só com dois momentos.

Por um longo tempo ficaram quietos, cada um com seus segredos, seus medos, suas vontades, suas histórias, suas incertezas. Por fim, você olhou para ela e sorriu e perceberam que agora estavam de volta àquele quarto, de volta à história comum, a que se conta no plural. Refizeram o amor, era o que restava depois desta conversa. Um amor estranho, pela primeira vez silencioso demais. E desta vez, primeira vez, ela não teve que explicar-lhe como se veriam de novo, você já tinha aprendido, e nem você perguntou se poderia ficar, o frio, a madrugada já avançada, despediram-se silenciosamente. No caminho para casa, era cada vez mais longe, você se distraiu e se perdeu, demorou um tempinho para achar o caminho da casa em que morara nos últimos dez anos, mais do que dez anos, ou quase isto, pensou tentando encontrar a rua exata.

No dia seguinte, você telefonou a ela diretamente no trabalho, nunca fizera isto e ela estranhou e você se desculpou e ela sorriu, gostava de sua imprevisibilidade, e resolveram almoçar juntos, ela poderia escapar, um pouquinho que fosse, de seu trabalho, você poderia se encontrar com ela, estava meio que de folga naqueles dias. Ela propôs o pequeno restaurante onde vocês se conheceram e onde foram inúmeras vezes desde então, foi lá que recebeu seu primeiro beijo, passou-lhe rapidamente pela cabeça. Na velha mesa de sempre? você perguntou jocosamente, ela respondeu que sim, contente por você se lembrar. Antes de sair de casa, você ainda procurou desesperadamente no guia o tal restaurante, mal se lembrava o nome, maldizendo profundamente a sua falta de memória. Ainda bem que ela gosta...

Nunca mais tocaram no assunto daquela conversa, as histórias mal-resolvidas, sempre as haverá!

Após um par de semanas, ela teve que viajar e ele, depois de alguns dias, foi se encontrar com ela, quando o trabalho dela já tinha terminado e eles poderiam aproveitar para passear um pouco naquela cidade distante. Ela insistiu que reservassem quartos separados no hotel, dormiram juntos todos os dias é certo, ele mal entrou em seu quarto (só ia para lá, de manhãzinha, trocar de roupa e desarrumar a sua cama para a arrumadeira ter algum serviço, era preciso lutar contra o desemprego, justificava-se sorrindo de tudo aquilo...) e, ao final, pagariam as suas diárias em dinheiro.

Logo no primeiro dia desta viagem, ela disse-lhe no meio de um passeio que precisava ligar para casa e, dito isto, afastou-se um pouco. De longe, ele a via junto ao telefone, olhar baixo, conversando, rindo e ele, já a uma distância que não o permitia ouvi-la, resolveu se distanciar ainda mais, preferia nem vê-la, por não entender o que acontecia, tudo isto fora surpresa a ele, que história era esta daquele telefonema no meio da tarde? Enquanto ela telefonava, ele foi abordado por um velhinho que o especulou, parecia desconfiar que alguém estivesse visitando aquela parte da cidade que nunca atraía turistas, ele próprio não sabia muito bem o que estavam fazendo ali, parecia até que se escondiam. Mas ele não ligava, para ele era apenas a companhia dela que importava. E conversou com o velhinho como se fossem bons e antigos amigos.

Quando ela tinha se afastado para telefonar, o fez como se pedisse desculpas, ele fizera uma cara estranha naquele instante, é certo, e ela não pôde evitar de perceber sua expressão, não era de censura, era de surpresa, não deveria ser na opinião dela, pensava ela que tudo estivesse claro entre eles, desde o início, que nada fosse segredo, mas se surpreendeu naquela hora. Não mencionaram nada pelo resto do dia, porém a conversa entre eles demorou a engrenar novamente. De noite, depois do jantar, ele se desculpou convincentemente e foi ao seu quarto no hotel e lá ficou um tempo, deitado, olhando o teto. Teria muitas coisas a pensar, e poderia pensá-las todas naquele seu silêncio, mas não o fez, apenas fechou os olhos e deixou tudo vagar por sua mente, preferia que seu pensamento fluísse sem a tola necessidade de se chegar a conclusões doloridas e desnecessárias, pensamentos que iam e vinham. Meia hora depois, já estava de volta ao quarto dela, já a acariciar aquele corpo branco, beijando seus seios, seus cabelos negros, trocando sorrisos cúmplices, falando do que sempre se falavam nestes momentos, a repetição das lembranças aprofundando os vínculos...

Mas já era outra história agora, eles se viam menos, não com menos paixão, é certo, e ele foi se acostumando com aquelas presenças extras em suas vidas, as pessoas que repentinamente começaram a fazer parte de seus pensamentos, evitando falar diretamente disto com ela. Por vezes, ela falava e contava novidades e se aprofundava nelas e ele escutava com bastante atenção e interesse, era ela que importava, em seu todo, com todas as suas histórias. Mas ele propriamente evitava perguntar qualquer coisa, seria como se estivesse se metendo em outra história, que não era a dele, a deles. É! De certa forma parecia a ele que eles dois apenas existiam quando podiam se ver e se tocar e se amar, já não era o que fora antes, não que fosse ruim agora, era apenas diferente. Em outros momentos, não existia nem ela nem a marquise nem a escada e muito menos a velha e ele foi se acostumando com aquela estranha reviravolta em sua vida.

A vida, com parques floridos ou não, com crianças alegres ou não, com beijos inesperados à porta do metrô ou não, segue o seu rumo e ele sabia disto. Bastava não, ser feliz, bastava não, o sorriso de passagem, bastava não, a única história que merecia ser contada.

Sem se dar conta, ele foi se distanciando, um dia estava por demais cansado para vê-la, em outro chovia muito forte, um jantar com antigos colegas, o trabalho, um concerto, uma viagem... Mas, inevitável, um dia voltou lá. Ficou esperando pelo sinal debaixo daquela marquise, um chuvisco chato o incomodando, por mais tempo ao que estava normalmente acostumado. Ela demorava a aparecer, demorava, demorava, não apareceu e ele se foi, parecia até que o apartamento estava deserto, escuro, janelas fechadas, parecia que ninguém vivia lá. Sem muita convicção, voltou outros dias e sempre ficou esperando e nada aconteceu, um dia até teve esperanças de vê-la, quando a luz do quarto se acendeu, mas ele ficou esperando que ela, alguém que fosse, aparecesse na janela para dar o sinal que o permitiria reviver aquela história, aquele sorriso de passagem, aquela história que merecia ser contada. Depois de meia hora, a luz se apagou e ele desistiu afinal. Voltou para casa a pé, tentou dormir mas qual-o-quê, a Lua iluminava o seu quarto sem cortina e ele insoniou a noite toda, uma longa e exasperante noite de insônia.

De noite, a marquise fazia uma sombra conveniente perto da vitrine da loja e foi lá que ele ficou à espera, várias noites, acocorado e olhar distante, à espera do sinal, muitas esperas, inúmeras... Olhava o nada quando viu passar, de repente, um vulto, era ela, só poderia ser ela, um sorriso de passagem que o convidava novamente. Seus passos longos e apressados, cabelos negros úmidos pelo chuvisco que ainda caía. Seguiu-a, ela estava muito à frente, mas ele não desistiu, vez ou outra ela se virava para sorrir. Contornaram a rua, estavam indo em direção à entrada da casa, o estacionamento à frente, a porta já estava aberta, um vulto já se distanciava em direção à escada... Atrasou-se consideravelmente na subida da escada, ela ia muito à frente, parecia interminável e ela mais e mais adiante. Tac, tac, tac... Subia a escada e se distanciava dela mais e mais, parecia nunca acabar, nunca alcançar...

Chegou afinal ao quarto, a porta estava entreaberta, ouviu o seu ruído lá dentro, uns passos muito distantes, como se o quarto fosse quilométrico. Ao entrar, pareceu vê-la no outro extremo do quarto, mas depois que acostumou sua vista percebeu que era só uma sombra, a sombra da noite que entrava pela janela entreaberta. Foi avançando pelo quarto e não a via, tropeçou na cama, alguém mexeu esta maldita cama, estava fora do lugar usual. O vento fez a porta bater e ouviu vozes no corredor...

Foi até a janela, não tinha se acostumado com aquele quarto, não sabia onde se ligava a luz, o silêncio o incomodava e ele buscava um lugar que o tranqüilizasse. A janela ainda entreaberta, e ele espreitou por seu vão. Ainda chuviscava e seus olhos buscaram naturalmente a marquise, o vão à frente da vitrine que ele tão bem conhecia, e que ela sempre lhe mostrava ao final da noite, ainda chuviscava fino e no vão da marquise uma pessoa esperava ansiosamente e olhava justamente para a janela na qual ele estava agora, olhava em sua direção mas não percebia a sua presença lá. Ficou imóvel, não podia acreditar no que via, em quem via ali debaixo da marquise, esperando o sinal, aquele sinal que tanto ansiou naqueles anos todos, a história, a única, a que merece ser contada. Apesar da distância, pôde ver o olhar daquela pessoa que tanto conhecia, o olhar triste de quem espera um sinal...

...lembrou-me do riso que eu tinha...

Por aí, 1998-2006.

Minhocão II

Estamos nos enganando nesta cidade, benzinho. Você gosta de sair e passear por estas ruelas fétidas e cinzentas, talvez com aquela ingênua esperança de que algo irá mudar em nosso absurdo cotidiano deste apartamento de trinta metros quadrados e carros passando à altura de nossos ouvidos. O máximo que conseguirá, digo para seu desespero, será ser atropelado, que é a pior das mortes, o símbolo supremo de que algo deu errado em nossa civilização. Você dirá que eu sinto prazer em lhe dizer isto, em lhe aporrinhar com esta provocação, e que sentirei muito prazer quando isto acontecer. Sorrio então, você se aborrece, nos aborrecemos mutuamente.

Você sai, mas logo estará de volta. Sai, mas antes você olhará a televisão que está em seu volume máximo, quem consegue escutar algo com todos estes carros passando à altura de nossos apartamentos? Olhará a TV, me direcionará aquele seu olhar irônico, vingança às minhas observações, nem precisará mais dizer que eu irei morrer de câncer, tanta a radiação que recebo. Convivência é isto, saber de cor todas as agressões do companheiro, estamos nos enganando nesta merda de cidade, definitivamente estamos.

Você sai e eu sigo assistindo à televisão, o que se há para se fazer em um sábado modorrento? Acabo dormindo, uma estranha paz me faz dormir, sonho com nuvens coloridas, estranho isto. Sei lá quanto tempo dormi, mas quando acordo, um incrível silêncio me rodeia, a TV desligada e você à porta da cozinha, terminando um sanduíche. Quanto tempo aí me espreitando? Parece que quer me dizer algo, tem o olhar triste você, mas o máximo que faz é deitar-se no sofá, cabeça em minhas coxas. Minha mão, automaticamente, lhe faz um cafuné.

Itaim, dezembro de 2005.

A aposta

Quando ele, ruidoso e estabanado, entrou em seu quarto, a menina sentiu-se tão desprotegida como em tantas outras vezes antes. Já passava das duas horas da manhã e, enquanto ele se despia olhando-a indiscretamente, a menina se convencia que o pai tinha perdido de novo na roda de jogo. Não era a primeira vez que isto acontecia, mas perder tinha ficado cada vez mais constante nos últimos tempos.

Quando o pai ganhava uns trocados naqueles jogos de terça-feira, tudo era alegria para ela e sua irmã mais velha, até presentes ganhavam. Mas quando perdia, sabia que teria que agüentar algum dos amigos de seu pai fungando em seu pescoço e a impregnando com aquela gosma, as mãos rudes, o olhar frio. Por uns dias, teria também que suportar o pai violento, também a desprezando, a violentando, como se isto o fizesse um ganhador. Sua irmã era uma aposta menor no jogo, mas mesmo assim também sofria o mesmo assédio. Duplamente desprezada, a irmã engordava muito e se cuidava cada vez menos, e virava aposta cada vez menor, neste cruel círculo.

Nos últimos tempos, ela também nem tomava banho antes de dormir, preferia dormir suja, o longo cabelo negro desgrenhado, um pijama velho e sem graça. Só se arrumava quando tinha a certeza de que estariam sós, ela e a irmã no quarto. Nestes dias, gastava muito tempo para si, penteava longamente seus longos cabelos negros e ajudava a irmã a se cuidar, ela que aparentemente já desistira de si mesma.

Ele deitou-se sobre ela, arrancou suas roupas e mordeu os seus seios. Doeram, e ela não sabia que graça havia nisto. Quando ele a virou de bruços, ela soube que o seu pai tinha apostado realmente alto, e perdido. O seu corpo pequeno, porém, obedecia tudo o que as mãos asquerosas ordenavam.

O seu pai tinha nome, tinha profissão e tinha posses. Tinha um carro bonito e tinha uma fazenda onde iam todos os finais de semana, viajavam para longe às vezes. Ele certamente não precisava deste dinheirinho que ganhava em seus poucos dias de sorte e, certamente, poderia apostar quanto quisesse do que era seu. O seu pai agora ria na sala, seus amigos riam, enquanto ela agüentava aquelas mãos rudes em sua pele, alisando suas costas, mãos à procura de uma excitação que demorava a chegar. Uma porta bateu e as risadas ficavam cada vez mais longe, até sobrar a noite e seu silêncio assustador.

Talvez por ter bebido muito, ou talvez por ser um velho asqueroso, ela não sabia o porquê, mas ele não conseguia a ereção necessária para penetrá-la. A cada tentativa frustrada, ele se vingava ainda mais nela. Tentou abri-la com os dedos, cuspia nela, forçava suas pernas, mordia suas nádegas até sangrar. Os olhos da menina umedeceram, mas ela não soltou um ruido sequer. A irmã, assustada, escondia o rosto no travesseiro.

E ela só torcia para que ele conseguisse penetrá-la logo, que gozasse à vontade e que fosse embora, que a deixasse logo com o que sobrasse de sua noite. Mas a noite prometia ser longa, nada que ele tentou funcionou, a ereção não veio, apesar de seu imenso esforço. Por fim, soltou um palavrão e sentou-se à beira da cama. A imagem que ela agora via era patética, aquele velho asqueroso com suas mãos no rosto parecia chorar. Ela nem se mexeu.

Logo depois, ele começou a se vestir lentamente, desviando seu olhar dela. Quando pronto, voltou a sentar à beira da cama, desvirou a menina, olhou-a bem nos olhos e, apertando o seu pescoço, disse:

– A culpa é toda sua, sua vaquinha. Nunca diga nada do que aconteceu aqui. Se você disser uma só palavra, mesmo para o seu pai, eu te mato, entendeu?

E apertou ainda mais o seu pescoço para convencê-la de que falava sério. Quando ele a soltou, ela já quase não tinha ar, tossiu ofegante, tentando recuperar o que tinha sobrado de vida, mas ainda ouviu o velho asqueroso falando com sua irmã, que presenciara tudo de sua cama, assustada.

– E isto vale para você também, puta gorda. Acabo com vocês.

O silêncio agora era absoluto e, neste momento, ela lembrou-se de sua mãe, a falta que ela fazia nestes momentos e se convenceu que morrer era exatamente isso, era esperar por um cafuné, em uma noite como esta, que não vem, que nunca virá. Passou-se um tempo e ela levantou-se, foi ao banheiro, um longo banho, sentiu a água escorrer por sua pele arranhada, sentiu os seus longos cabelos encharcados roçarem seus seios doloridos. Gastou um longo tempo secando seu corpo e seus cabelos, vestiu a sua camisola preferida e, quando a madrugada já terminava, deitou-se agarrada à sua irmã que não dormira, olhos abertos de medo. Juntas, e sem dizer palavras, as duas irmãs tentaram dormir. Lá fora, o ruidoso silêncio da madrugada.

Salvador, dezembro de 1999.

Sem somos

sempre sem
somos sem
e mil outros
E contamos mais
Nós contamos
sermos com
(autor desconhecido)

Ele criou raízes por lá, sem dúvida. Mas quando chegou, poucos pensavam que iria sequer resistir, com toda aquela idade, com aquela pele que mais parecia o casco de uma árvore, seca como o lugar de onde vinha. Aquele olhar tranqüilo de quem já viu muita coisa, o passo duro e lento dos cansados.

Foi assim que eu comecei a primeira versão do texto em que descrevia o que tinha acontecido naqueles dias da confusão. Chamei-o de *Os três tempos de uma espera* e mal sabia que também eu teria que esperar para vê-lo publicado, espera esta que durou até o dia em que o editor me chamou, exigiu alguns cortes.

– Está muito parcial, muito sentimental. – ele me disse, sugerindo algumas mudanças.

Cedi às sugestões, quem sou eu?, e uma versão reduzida do artigo saiu meio que escondido em um caderno especial que o jornal publicou, junto às fotos do Juvenal.

O velho, o Juvenal e eu chegamos quase que juntos ao acampamento. Nós no carro da reportagem, enquanto que o velho vinha a pé, em uma daquelas inúmeras levas de gente que surgiam do nada, *daquele nada atrás do campo, daquele nada atrás daquele mato todo, do nada que é o nosso imenso país. Do nada com alguns amigos e parentes, com o nada que eram todos eles, com o nada de seu neto de sete anos, com o nada que era a sua esperança, com o insignificante nada a somar-se aos outros nadas que somos nós...*

O Juvenal elogiou o meu texto, mas eu nunca consegui distinguir se o seu elogio não era nada mais do que um de seus ataques de cinismo. Ele sempre dizia que para se sobreviver nesta vida só mesmo sendo cético e cínico.

– Não se consegue boas fotos se você não for um pouco cínico, viu garoto? Nem se escreve um bom texto sem isto...

Logo que saiu do carro, o Juvenal se apressou em tirar fotos dos acampados, dos que chegavam, das caras sofredoras, *quanto mais casco de árvore, melhor, quanto mais olhar desesperado, mais o pessoal gosta, eita povinho para gostar de sofrimento!* Deve ter tirado boas fotos aquele dia o Juvenal. Fomos mandados para lá para fazermos a cobertura do acampamento e deveríamos ficar por lá até acontecer algo, seja lá o que for, pois fontes seguras diziam que *algo* deveria acontecer por estes dias. Na realidade, todos sabíamos o óbvio, que haveria uma invasão, que haveria reação, que haveriam milícias e polícias, que haveriam armas e tiros e entre mortos e feridos nem todos sobreviveriam, que haveria repercussão e que haveriam desculpas e explicações e promessas e ameaças, e um julgamento e várias absolvições. E talvez houvesse até algo novo. Mas cumpríamos o nosso dever jornalístico de informar tudo como se fosse uma novidade, *as barracas armadas de forma ordenada, havia divisão de serviço e todos pareciam ocupados, menos as crianças que aproveitavam aquele espaço todo para fazer o que todos queríamos. Para exercer o supremo direito de poder chutar uma bola mirando o horizonte e vê-la transformar-se no pôr-de-sol que agora embeleza a paisagem e que logo será a bela lua cheia, a tal bola chutada a esmo surgiria como a lua cheia de nossos sonhos.* A bola chutada pelo moleque remelento em direção ao horizonte, a foto que o Juvenal não conseguiu tirar.

Fui atrás de uma conversa, e de algo para beber, qualquer coisa entre café e cachaça estaria bem. Não me recusam nada, *aqui tudo é de todos,* mas se calam quando estou por perto, penso que até o silêncio é de todos. Foi assim nos vários dias em que estive no acampamento, olham-me com temor como se eu não fosse um ser igual a eles, não é assim que eles gostam de dizer? Que somos todos iguais? Puxo conversa em várias rodas e só em uma delas, um cara que deve ser um dos líderes, conversa comigo. Tento confirmar se haverá ou não uma invasão.

– Não haverá invasão e sim uma ocupação. – disse em um jogo de palavras olhando para o leste, onde uma cerca, ao longe, era guardada por vários seguranças armados, todos sabem disto e é por isso que estamos aqui.

– Quando? – especulo.

Ele pita um cigarro lentamente e espera a fumaça se esvair no espaço. Espero um pouco mais pela resposta que não vem e insisto na pergunta.

– Quando?

– Logo. – foi a resposta.

– Logo, mas quando? Amanhã? Depois? Daqui a uma semana?

– Logo, logo. É a nossa medida do tempo. Logo e nunca é o que mede a nossa vida.

– Mas entre o logo e o nunca pode ter muita coisa. – argumentei.

– Talvez lá de onde você vem, mas não para a gente... – disse levantando-se. Segue em direção ao grupo do velho *casco de árvore* que está arrumando as suas coisas, armando uma barraca.

Irrito-me com esta falta de precisão. Eles pensam que eu sou algum espião? Só estou aqui fazendo o meu trabalho, cobrindo a invasão. Eles deveriam me agradecer a publicidade que estamos dando e não dificultarem o nosso trabalho. O meu chefe quer que eu fique por aqui até a invasão, mas não quero perder muito tempo com isto, não. Mais alguns dias e é o aniversário de minha namorada, ela nunca vai me perdoar se eu não estiver presente.

Passo alguns dias falando com as pessoas, tentando descobrir algo mais que o óbvio para colocar em meu texto, preciso impressionar o chefe. E descobrir também quando que é o logo, *este tal logo que custa a passar, que nos mata lentamente a todos, é preciso paciência nesta espera, aprendo com o velho que chegou com o seu grupo no mesmo dia que nós também chegamos. O clima coletivo de ajuda e espera, de esperança e de sabedoria natural. O tal logo que é um dos tempos desta espera. Participei de um jogo de futebol, integro-me fraternalmente ao grupo, afinal somos todos parte de uma mesma espera, mas mantenho-me seguramente à distância de um observador, de um narrador imparcial, é o nosso papel de imprensa...*

Uma noite o Juvenal se arranjou em uma barraca, ele me dizia que não voltava para casa sem ter comido uma sem-terra, este Juvenal não existe! Tento dormir no carro mesmo, todo fechado, com este calorzão, mas ao menos não sofro com os malditos insetos. Mas não consigo pregar o olho, como é possível se gostar deste tipo de vida? Vontade de voltar para casa, para um banheiro decente, para uma caminha quentinha ao lado dela.

Saio para andar, não é tão tarde, mas este pessoal dorme com as galinhas, o acampamento ressona tranqüilamente, *o estranho e sonoro uníssono da espera,* algumas fogueiras resistem, em qual barraca estará dormindo o Juvenal? Rio só de pensar, este Juvenal não existe! Caminho um pouco a esmo e encontro o velho *casco de árvore* acocorado, junto a uma fogueira, pitando, distraído, o seu neto dormindo a seus pés. Sento-me junto a ele, puxo conversa, ele me oferece um café: só de olhar o estado da caneca tento dizer não, mas não há volta, seus olhos quase que imploram para que eu aceite o seu café, ele se sentiria humilhado se eu não aceitasse. Esqueço um pouco o porquê de estar ali e jogo conversa fora com ele. Que me conta que veio futurando desde o nada e desde sempre até aquele acampamento, que o único motivo de estar lá era o seu neto que agora dorme quase a seus pés. Perguntei a ele se ele não iria dormir, ele me disse que não dormia mais, só sonhava.

– Desde quando?, eu pergunto.

– Desde sempre, meu filho., o seu olhar marejou e ele continuou a pitar lentamente o seu cigarro.

... e o desde sempre é o terceiro tempo desta espera, desta espera inútil, agonizante, aprendo com o velho que veio do longínquo nada, futurando a sua esperança, futurando um algo qualquer para o seu neto, desde sempre futurando, para sempre futurando...

Para dormir, bebi uns bons goles da bebida que o Juvenal trouxe e esqueceu no carro. Acordo assustado com o barulhão ao redor, o Sol já começando a esquentar, ouço tiros e vejo fardados. Uma correria e o Juvenal em cima do capô do carro, tirando fotos.

– Acorda, menino!, ele grita para mim, sem tirar o olho da câmera - Ô menino, está na hora de trabalhar...

Tento achar um lugar para poder observar melhor a bagunça. O líder passa por mim e eu pergunto o que está acontecendo. Ele olha bem para mim, assustado.

– De que planeta você vem? Só mesmo um tolo para fazer uma pergunta destas... – ele responde preocupado com os tiros que agora soam de todos os lados.

Olho para a direção da cerca e vejo policiais e pistoleiros atirando contra o acampamento. A correria e a revolta resultam em mortes.

A longa demora, todos sabemos o quanto dura. Dura tanto quanto o que queremos evitar, dura mais que o momento propício da fuga, menos que o estalo do arrependimento. Dura exatamente o que não dá para se evitar, dura o quanto dura a nossa teimosia. Vimos todos o avanço dos acampados armados com paus e pedras e o recuo desordenado e desesperado frente aos tiros. E vimos todos, sem compreender, que depois de dispersos, ainda sobrou bem no meio do campo de batalha o velho *casco de árvore*. Em câmera lenta, com seus passos lentos, mas firmes todos nós o vimos retornar procurando o seu neto. Demoramos a perceber que ele estava ferido, que escorria sangue por seu peito. Naquele silêncio imenso e cortante que se seguiu, todos puderam perceber a dor que o rosto do velho trazia. *É quanto dura uma espera: o passo lento de um velho casco de árvore ferido...*

Mas estávamos todos hipnotizados pelos acontecimentos e não reagimos. O velho caminhou mais um pouco, acocorou-se cheio de dor bem no meio do campo e lá ficou, seus olhos apertados diziam tudo, os dedos de seus pés forçando a terra, abrindo sulcos e penetrando nela como se fossem raízes, o velho ficou lá feito tronco de árvore cortada.

O que mais há para contar? Voltamos rapidamente para a cidade para melhor prepararmos a matéria, o Juvenal excitado com as fotos que tirou, com direito a gente ensangüentada e tudo o mais. O jornal mandou uma outra equipe para cobrir os dias que se seguiram. É verdade que pouco se aproveitou do meu trabalho e, depois de um tempo, fui transferido para o caderno cultural, *é mais o seu estilo, menino,* disse-me o editor. Não estou decepcionado com a mudança, confesso, sempre se ganha alguns ingressos extras para os *shows* de música.

Ao que parece, algumas pessoas ainda se recordam daqueles dias e tentam fazer com que nem tudo passe em branco mas para outras, tudo aquilo não passou de ficção, as balas não existiram, e por isso ninguém atirou, ninguém se feriu e ninguém morreu, pois nada aconteceu. Neste país tudo é ficção, nada acontece realmente, como se pode esperar que alguém se lembre?

De minha parte, voltei lá tempos depois. *A espera agora se resume a umas poucas famílias que ficaram por lá, estão tentando tirar daquela terra algo mais do que a simples sobrevivência, os demais se foram para tentar a sorte em outras terras, em outras esperas. Demorei um pouco para achar o lugar exato da batalha, mas finalmente encontrei o velho tronco casco de árvore acocorado, com suas raízes penetrando fundo na terra, de longe nem se distingue que é ele que está alí, o velho que chegou futurando a este sertão...*

São Paulo, 1999.

Refúgio

Homem não chora, ao menos não deveria, dizia o seu avô. Pensava nisto no momento em que atravessava aquela porta do asilo. Ele sabia muito bem o que esperar desta visita. Ver o avô, revê-lo, tentar inutilmente trazê-lo de volta ao seu convívio, tanta coisa aprendera com ele, o drible seco, a velocidade no arranque, a antecipação rápida do lance, o arremate. Nada de firulas, direto, seco, sucinto, como um bilhete de despedida.

Mas, tudo isto era passado passado que queria de volta, um instante que fosse, para poder dividir com o avô aquele jogo do último final de semana, será que o avô o assistira? O seu jogo, o que importava... Queria discutir com ele o resultado, sentir o carinho de avô pelo menino de nove anos, o menino que já não era mais. Sua constante admiração, seu inevitável incentivo. A porta se fechou atrás de si, aquela grande sala onde o deixaram esperando por seu avô. Um silêncio e só.

Não são todos que sabem o quão é escuro um túnel de vestiário em dia de decisão mas o avô, sim, iria entendê-lo, os dois dividindo as mesmas experiências. Sim, aquilo pesa, esmaga. Fica-se na boca do túnel séculos à espera, ouve-se perfeitamente a torcida, a gritaria. A gente quer entrar no campo a qualquer custo, começar logo o jogo, só se sossega com a bola rolando. Mas entre o túnel e o jogo há incontáveis segundos e o aquecimento final, a moedinha e, principalmente, a espera, a injusta e inacabável espera de séculos.

E o jogo começa e tudo parece mais frenético nem se pensa direito nestas horas... Bola pro mato, cara! Mas tem um instante, sempre tem, entre o chuá da bola na rede e o grito da torcida, um instante... Até parece que não existe nada e, dizem, não existe mesmo; um instante em que tudo muda em sua vida, a linha tênue separando o sucesso e o fracasso, ou vice-versa, ou tanto faz. Lá vinha ele, agora, passo arrastado, final do corredor, olhar distante, seu avô.

Tentariam conversar, não conseguiriam, ele iria tentar contar ao avô sobre a final do campeonato, dividir suas emoções, mas iria também se exasperar com o distanciamento dele, parecia até que nem o reconhecia, eles que tanto se falaram no passado, tanto conviveram em sua infância, e seu avô falaria de várias coisas, do passado, de seu agora isolado mundo de lembranças, da final que participara, de como era difícil esperar pelo começo do jogo... Homem não chora, ele iria repetir vezes e vezes, sem esconder a emoção sublimada. Ao menos, não deveria.

A bola no meio do campo para o recomeço, heróis e bandidos, juizes ladrões e bandeirinhas incompetentes, técnicos burros...

Todo o nosso imenso imaginário coletivo fazia parte de suas conversas com o avô, hoje restou o monólogo. Curto, seco, sucinto, como o drible de seu avô que tantas vezes presenciou quando criança.

E o silêncio da torcida, foi assim no final de semana, aquele mutismo frente ao gol do adversário, o grito inibido e constrangido do locutor local. Não há nada pior para se encarar do que o gol contra em uma final de campeonato. Nem mesmo chorar. De alegria ou tristeza que seja.

Não esperou mais, não poderia, não conseguiria. A porta fechou-se atrás de si, frente ao olhar incrédulo do avô ali parado. Desta vez, definitivamente...

Itaim, junho de 2006.

Vozes no corredor

Toda vez que abro aquela porta, sou atropelada por quase cinqüenta anos de memórias. Lembranças dele, meu pai, que agora se definha naquela cadeira de rodas. Dele, que agora visito. Memórias dele, que se humilhou para me tirar daquele porão, que me salvou de tantas torturas. E que demorei a reconhecer como alguém que eu poderia talvez amar.

Memórias de muito mais coisas e pessoas, que ambas já se foram para sempre e que por vezes me trazem calafrios naqueles momentos em que fico sozinha com meu pai aqui, no dia da semana que escolhi para cuidar dele (e dar folga à nossa ajudante), no dia da semana que tem sido para mim um acerto de contas com o passado, com ele e com todo o resto que já se foram.

Depois que mamãe morreu, logo em seguida à sua morte, ele começou a se distanciar da realidade e eu, em um caminho inverso, fui me aproximando dele, de sua realidade, ou melhor, me reaproximando de alguém de quem, antes, me distanciara constantemente, de meu pai. Hoje, ele mal me reconhece. Eu chego e ele mal se mexe, eu o alimento e cuido dele aqui, mas mal nos relacionamos, ele mal me nota aqui ao seu lado, justamente aqui nesta sala que tantas vezes testemunhou nossos gritos, nossos pavores, exageradamente.

Ele sempre morou aqui, e o sempre significa desde o dia em que nasci, é aí que começa a história, é aí que começam minhas memórias, é aí que começam nossas desavenças. Em um canto desta sala, tem uma foto que gosto de olhar quando venho aqui e que agora olho, nossa foto naquele verão que teria sido o último de toda a família junta, *família grande a princípio e dizimada e desunida por estas tragédias de nosso tempo e da qual, conforme nossa própria decisão, só sobramos nós dois.* E sinto saudades, olho para ele, seu olhar quase morto agora, quem diria? Olho para a foto e seu vigor transparecendo, era um herói não assumido para aquele ratinho, aquele pedaço de gente que ainda era eu na adolescência. Eu era nada, mas ele, forte e bonito, como não reconhecer isto agora? Estou sozinha comigo mesma, aqui posso pensar o que quiser, reconhecer o que quiser, faço o que quero, já não estou mais medindo forças com ele, forte e bonito, e apaixonante me levantava do chão com apenas uma mão e me fazia cócegas que eu resistia até o último momento para senti-las e me envergonhava toda quando desistia afinal, e me prendia em seu colo, agora estávamos na praia naquele último verão juntos, e ele me prendia em seu colo sentado que estava naquela cadeira de praia e me fazia cócegas, sob o olhar perturbado, inquieto, de minha mãe, e me fazia suplicar para que me largasse e qual o quê? Continuávamos o jogo...

Chego-me a ele, limpo sua baba, olho bem e não o reconheço como o da foto nem o reconheço como o que, aos gritos saiu de casa um dia, minha mãe perturbada mas calada, inquieta, e eu entrando nesta sala no exato momento de vê-lo, xingá-la e sair. Não era mais o mesmo da foto nem me lembro quanto tempo tinha passado. Ele saía por aquela porta, mas voltaria sim para encontrar minha mãe mais calada, mais distante, já não éramos mais os mesmos, a cada vez mais estranhos uns aos outros. Têm coisas daquela época que não me lembro bem, parece que se apagaram todas naquela estranha bruma que se formou em minha mente nos tempos daquele porão que foram semanas, meses, anos, décadas, minha vida. Lembro-me da briga, mas não das palavras, do olhar, mas não da raiva que agora sei que existiam sim, que foram crescendo de lado a lado de forma inexorável, dos gestos todos eu me recordo muito bem, da bruma implacável que se criou, eu era criança em muitas das vezes, infantil em outras, desinteressada na grande maioria delas. Mas lembro sim de algo. De que algo se quebrava de forma constante naqueles dias.

De culpá-los todos por aqueles momentos horríveis que passei e demorar muito tempo para entender finalmente um bocado de coisas e finalmente saber que foi ele que se humilhou para me tirar dali daquela escuridão, ele nunca me disse nada nem mamãe nem meus irmãos calados e assustados e medrosos que sempre foram. Só fui saber o que ele tinha feito muito tempo depois, quando não se consegue mais voltar atrás e olhar nos olhos sinceramente e um abraço e este pouco bastaria para reavermos o que éramos naquela foto do verão. Mas quando soube, seus olhos já não brilhavam mais, mamãe já tinha ido, porque ela nunca me contou nada? E já éramos só nós dois...

Ouço vozes no corredor, mas que tolice, estamos só nós dois aqui, mas as ouço sim, constantemente, em todos os lugares aonde vou. Vozes no corredor como no dia que mamãe me encontrou caída no chão aqui em meu quarto, não me lembro bem o que tinha acontecido, lembro de uma porta se batendo rapidamente, passos de mamãe entrando por ela depois de um tempo interminável, ela me levantou, me abraçou, me banhou e curou minhas feridas com um olhar distante e perturbado; e calada e triste e... Triste, disto me lembro bem. E das vozes anunciando sua chegada. Vozes no corredor como naqueles momentos em que eles vinham nos buscar para o porão, eram vozes como tantas vezes ouvi no meio da noite, vozes no corredor, por vezes vozes alegres e juvenis, vozes de raiva, de poder. Vozes no corredor. Como várias vezes escutei, escutamos, naquele apartamento onde nos escondíamos e tínhamos que amar em silêncio, abafando nossa paixão, a vizinha pode escutar e não há ninguém aqui, não pode haver, me diziam. É tão duro amar em silêncio. Vozes no corredor como escuto quando ele chega tarde da noite do trabalho e me quer pronta para amar, amor rápido e impessoal, e eu assustada (os barulhos da noite às vezes me assustam, às vezes me excitam) concedo só para parar de escutá-las. Mas elas não param...

Quando mamãe morreu, pouco antes de morrer ela me chamou e me disse muitas coisas, mas não o que eu gostaria de saber e que teriam feito rever meu relacionamento com papai. Agora é tarde, sei que é, e tento entender as razões dela, ela que se abriu um dia comigo, naquela varanda do hospital, e me contou tanta coisa, mas nada disso, nada da peregrinação dele pelos porões, nada de sua humilhação para me tirar de lá. Por que ela nunca me contou isto? Ela nunca me contou nada que o preservasse, era como se ele parasse de existir no momento em que mamãe se abria para mim.

Meu pai agora sentado aqui ao meu lado, este seu olhar distante, não só o olhar, não só ele, minha mente também se distancia nestas horas, me disperso, todos os pensamentos ao mesmo tempo, a estranha bruma que nunca se dispersa, as vozes que nunca se calam, e me perco lembrando de minha última conversa com mamãe, é nisso que penso. E ele O que pensa ? Será que tem consciência de que estou aqui? Que sou sua filha... Que um dia me surpreendeu tanto saber...

Saio um pouco, ao pequeno quintal no fundo da casa, vou atrás de um ar e, paradoxalmente, de um cigarro. Sou eu a única a vir aqui, meus irmãos não vêm, argumentam que ele não se lembra de nada, maldita doença, que isto os perturbam, maldita vida que tivemos. Mas eu venho sim, ninguém me cobra a dívida que tenho com ele (e que só soube não faz tanto tempo assim...) nem ele me cobra. Na realidade, ele sequer me reconhece mais. É estranho isto, passei muito tempo para me reaproximar dele, depois de séculos maldizendo-o por conta de inúmeras idiotices e, quando o fiz, já era tarde, tarde demais, mas nem isto me faz me arrepender de nada. Se por um lado, em outro momento a minha aproximação nos teria feito convivermos mais e trocarmos talvez alguma experiência, olhares e abraços, por outro, sim por outro, só me sinto bem ao seu lado agora que ele nem me reconhece, agora que me olha com este olhar distante, do mesmo jeito que olha a nossa ajudante do dia-a-dia, cada qual com seu pensamento, assim a aproximação é mais fácil, a distância ironicamente preservada, de uma outra forma. Talvez menos cruel para mim, talvez até para ele, quem sabe? É muito difícil se desculpar, voltar atrás, querer recomeçar, quando se atravessa uma certa linha nada mais faz tanto sentido, nada que se falar, nada que se fizer irá refazer o tecido já rasgado e com cicatrizes. Estranho pensar assim, mas há um tempo para cada coisa e os tempos individuais muitas vezes não coincidem. Talvez ele esperasse algo de mim, enquanto ainda estava consciente, mas o quê? Talvez quisesse me dizer algo importante, mas o quê? Ou talvez nada, nada a ser dito, nada a esperar, nada a se desculpar, nada. Talvez tudo ou talvez nada ou talvez algo... Só posso concluir então que nossos tempos de pensamentos, infelizmente, não coincidiram e que não há nada a fazer ou se arrepender ao final. Melhor assim, sem mais discussões, sem mais entreveros. E, apesar de tudo, agora é o tempo de voltar para dentro da casa e dar de comer a ele, é isto que sobra afinal. Este é o tempo agora e o resto são especulações e o resto não conta mais, e o que não foi dito, não se dirá mais, que há de se fazer? Fumo um último cigarro pensando nele e na mamãe antes de voltar àquela sala.

No caminho para a sala, preparo a sua comida. Sento-me perto dele e começo a alimentá-lo, seu olhar me encarando de forma estranha, sua mão pousa em minhas coxas lentamente. Estranho isto, mas continuo servindo a comida lentamente em sua boca. Suas mãos me procuram, entram por baixo de minha saia, me puxam em sua direção, seu olhar ainda estranho, mas seco, morto, distante, sem o brilho da foto do verão. Parece impaciente agora, o que está acontecendo em sua mente? Tento descobrir. Agitado demais, me puxando em sua direção... Sento em seu colo, se isto o tranqüiliza que mal haverá? Acho que nem percebe o que está fazendo com suas mãos, mas quero que fique tranqüilo, enquanto tento me desvencilhar delas. Tento sim, tranqüilamente e sem muita energia, não seria difícil sair, levantar-se, indignar-se, ele não é nem lembrança do que era, mãos trêmulas e frágeis. O que ele está pensando, afinal? Não aceita mais a comida que eu tento entregar a ele, e suas mãos ásperas agora me alisam as coxas. Tento afastá-las mas estou confusa. Será que ele sabe o que faz ? será que tem consciência? Estou sozinha aqui com ele, ninguém mais vem, ninguém mais verá. Paro de resistir e, de certa forma, o auxilio um pouco de forma indireta, me ajeitando em seu colo, percebo que ele está excitado, não pensava que fosse possível isto em suas condições, mas ele está, me aperta em seu colo, sem a força da foto. Fico confusa mas não saio, até onde ele irá? Até onde irá a minha dívida? Que mal há, se não há consciência? Se tudo ficará preso em mim? Em mim, pois ele nem se dá conta, parece um boneco de corda, fazendo coisas pré-determinadas. Passamos um tempo lá, nós dois, o prato já ao chão, eu fecho os olhos, evito pensar no que for e ele, em que pensa? Em que pensa ele afinal? Me aperta e começa a murmurar, parece dizer um nome, mas não reconheço; um nome, mas não o meu, ele mal se dá conta que estou em seu colo, suas mãos entre minhas pernas, minha saia levantada, ele mal se dá conta que fala um nome que não é de ninguém que eu conheça. Sinto um jato fraco e morno em minha perna e me assusto, pensei que não fosse mais possível, um último aperto e me solta afinal, um gemido e eu escorrego ao chão...

Ouço vozes no corredor, é minha mãe, vejo um olhar assustado me jogando ao chão, uma porta se fechando rapidamente, e a estranha bruma que me persegue desde os tempos do porão...

São Paulo, abril de 2005.

Minhocão III

Estamos nos enganando nesta cidade. Cada vez que saio para dar uma volta por estas ruelas cinzentas e fétidas sei que na realidade estou apenas dando uma pausa para a nossa vida, para o absurdo cotidiano daquele apartamento de trinta metros quadrados e carros passando à altura de nossas janelas. Você não sai, diz que lhe dá nos nervos ver todo o cinza da vizinhança, o lixo, os crimes, sentir o fedor e morrer atropelada. Digo que vou sair e você retruca que morrer atropelado é a pior das mortes, é o símbolo supremo de que algo deu errado em nossa civilização e segue falando. E digo que só vou dar uma volta, e nos aborrecemos mutuamente.

E eu saio e você seguirá assistindo à sua televisão. Nos velhos tempos, eu ainda lhe provocaria, dizendo que você vai morrer de câncer, tamanha a radiação que recebe da televisão e receberia como resposta que é mais digno morrer desta forma que... E seguiríamos discutindo sobre a melhor maneira de morrer e por horas criaríamos várias teorias sobre as várias coisas, por isso gostávamos tanto um do outro. Naqueles tempos, ainda exercitávamos nossas mentes neste jogo estúpido. Mas hoje não. Hoje eu saio e você segue assistindo à sua televisão. Ambos já meio surdos devido àquele zumbido irritante e constante em nossa vida, por conta destes carros todos que passam à altura de nossas janelas. Definitivamente, estamos nos enganando nesta cidade. Saio, mas logo estarei de volta.

Saio, uma pequena volta e já estou sentado em um boteco não muito longe de você. Nesta tarde modorrenta de sábado, ainda as pessoas estão trancadas em casa se ensurdecendo. E eu tomando uma cerveja neste barzinho, o dono se distraindo mexendo nos poucos copos limpos e assistindo a um jogo de futebol sem muito interesse. Alguém pergunta o placar e sua resposta automática não esclarece nada, quem se importa afinal? Estou e não estou sozinho neste bar, nesta cidade.

Por um fresta entre os prédios, consigo ver o Minhocão mas é só. O silêncio quebrado por vozes perto demais, pelo barulho destes carros passando a uma distância segura de minha crescente surdez e pelo ruído irritante de televisores ligados naqueles mesmos canais de sempre, naqueles mesmos programas de sempre, naquelas vozes de sempre, as mesmas piadas, a mesma falsa ética de sempre. Estamos nos enganando neste fim de mundo. De repente, minha atenção se volta para um barulho de tiros, tudo acontece tão rápido nesta cidade, um carro importado seguindo devagarinho até bater na parede, dois garotos correndo *sujou, sujou,* um grito de morte vindo do carro. Curioso, corro para lá e já não estou só, a rua se enche repentinamente.

Olhando o cara morto no carro, minha mente se enche de lembranças, conheço-o? De onde? De qual dos mundos que já vivi nesta cidade?

Prudentemente, saio dali e volto para casa convencido que sim, que ele foi parte de minha vida, de meus problemas com você e de tudo o mais. De estarmos nos enganando nesta cidade, definitivamente.

Abro a porta e entro, escuto a televisão ligada em um daqueles programas barulhentos de sempre e você deitada no sofá, roncando de boca aberta pateticamente. Vim preparado para lhe contar algo, mas parece que isto terá que esperar. Não importa, estamos nos machucando mutuamente neste apartamento, mas talvez você gostasse de saber que o seu amante acabou de levar um tiro. Mas talvez preferisse saber por outra pessoa. Desligo a televisão e vou à cozinha ver se consigo algo para comer.

Butantã, 2002.

Noir

Ele desceu do último degrau daquele ônibus com aquela sua peculiar calma e parou lá por um instante, olhando ao redor como se à procura de algo. Ainda estava nisso, quando sentiu um leve toque em seu ombro e só ai percebeu que outras pessoas queriam também sair do ônibus e ele ali, bloqueando a passagem. Olhou os que estavam atrás dele com aquele olhar displicente, com a serena calma de quem acha que o mundo deveria parar para ele poder respirar mais tranqüilamente e não que ele deveria se apressar para que as outras pessoas pudessem passar. Alguém fez um sinal quando passou por ele descendo do ônibus, sinal que ele ignorou solenemente e sua mente nem pensou um *eita povo estressado,* como sempre fazia nestas horas. Hoje ele estava deveras preocupado com o que tinha que fazer. Tinha poucas horas, não queria perder muito tempo naquele lugar, sua cidade de infância, é verdade, mas talvez justamente por isso não queria ficar muito lá, sua vida há tempos já não pertencia àquele lugar.

Olhou ao redor, aquela rodoviária era muito escura e logo estaria vazia. Este ônibus era o último da noite, eram onze e meia agora, e daqui a pouco tudo estaria às moscas naquele lugar até o primeiro ônibus da manhã, que saía pouco depois das seis, era neste que ele pretendia estar; poucas horas naquele lugar, o suficiente para fazer o que tinha que ser feito, tudo programado em sua mente, com tempo de sobra até, ir até o casarão era o primeiro passo.

Chovia forte agora, ele resolveu tomar o último café que esfriava naquele bar que se preparava para fechar. Desviando da água com espuma que aquele jovem jogava no chão do bar, ele procurou um pouco de açúcar para melhorar o gosto do *três efes* que agora jogava goela abaixo. Ainda acendeu um cigarro, o que ele fazia naquele momento era esperar um pouco para ver se a chuva parava, ou que ao menos diminuísse de intensidade. Como nada disso aconteceu e como estava ficando sozinho naquele fim de mundo, resolveu ir ao casarão, conforme cuidadosamente programado. Sem tempo a perder, era o que tinha decidido que faria quando chegasse neste lugar. Era o que faria, era o que tinha que fazer.

Não era longe, o casarão não era longe, a chuva incomodava um pouco, é certo, mas não o suficiente para ele não ir pensando, ir relembrando de seu último dia naquela cidade, quase quinze anos agora, saindo naquele carro de polícia, seria julgado e condenado e cumpriria toda a sua pena em outra cidade. E nunca teria voltado lá, não fosse isto que tinha que fazer, não fosse o pensamento que o atormentou por todo este tempo, dia após dia pensando naquelas malditas pedras. Se nos primeiros anos da reclusão pensou muito no valor delas, agora isto não era mais a sua preocupação principal, não, não mais se importava com o valor delas, só as queria para pôr fim a algo que sempre o perturbara, desde o dia que o pai as mostrou pela primeira vez. Enquanto caminhava por aquelas ruas escuras, a chuva ainda forte mas ignorada por ele, foi relembrando, relembrando... Fazia-o com a calma que aprendeu naqueles anos todos de prisão, nada ou quase nada o perturbava mais, alguma coisa se aprende na vida, não?

Vez por outra, levantava o olhar para reexaminar as casas por onde passava, aqui morava sei lá quem, lá aquele gajo, acolá a garota vesga... Era como se tudo isto estivesse voltando de supetão à sua mente, como se estas lembranças estivessem voltando por serem importantes para ele, não o eram, era tudo parte de um passado que a ele só interessava em um pequeno detalhe agora. Depois que ele saiu da cadeia, ainda demorou um tempo antes de decidir vir, um ano e pouco, quase dois. Se por um lado havia aquela maldita ordem judicial para não retornar aqui (e que ainda estava em vigor), por outro sentiu-se seguido por alguém nos primeiros tempos depois que saiu da cadeia. Ela sabia, ao menos ela sua irmã, que ele voltaria para buscar as pedras e o seguia, ou melhor, o mandara ser seguido. Ela propriamente, ele nunca mais a viu, mas tinha a certeza de que alguém o seguia freqüentemente. No primeiro ano de reclusão, sua irmã ainda o visitara naqueles poucos momentos em que eram permitidos a eles todos sentirem o mundo exterior, mas depois que ele não quis contar nada a ela, nada de coisa alguma, muito menos sobre as pedras, por aqueles dias ela só ouviria dele perguntas sobre o seu time de futebol, ou sobre seus adoráveis sobrinhos, filhos dela, ou sobre o que era moda naqueles dias, e ela, por fim, acabou se irritando com aquilo tudo, afinal se convencendo de que nada conseguiria dele. Suas visitas foram se escasseando até desaparecer de vez, nem um cartão de natal nem nada nem um bolo de fubá, seu predileto, que avareza! Pensava ele naquelas noites longas e chuvosas: *ela era da família neste aspecto, todos nós muito parecidos,* a paciência infinita, o não se importar em esperar o momento propício, anos que fossem esta espera. Tal qual ele, tal qual seu pai, o deles. E tal qual ele, não investir onde não haveria retorno algum.

Mas agora, quase dois anos de sua libertação, sentia-se mais seguro, poderia caminhar sem preocupações, estava convencido de que agora ninguém o seguira até lá. Mal sabia ele que isto poderia não ser verdade, mal sabia ele que sua irmã também não teria se esquecido das pedras.

Chegou finalmente ao casarão, com o sombrio aspecto de deserto que todos conhecemos, basta imaginá-lo daquele jeito que já faz parte de nosso imaginário coletivo, as imagens de cinema devem servir de algo nestas horas. Uma noite chuvosa, um ex-presidiário, um casarão, uma irmã ambiciosa, alguns diamantes, nossos elementos do imaginário coletivo desta história. E ele não perdeu muito tempo quando lá chegou, foi forçando a porta e entrando. De sua sacola, única bagagem desta sua viagem, tirou uma lanterna e foi iluminando o caminho, vendo que tudo estava muito deteriorado, sem toda aquela luxuosa mobília que fazia parte de sua juventude, de quando o seu pai tinha dinheiro, dinheiro que perdeu daquela forma estúpida. A velha escada de madeira rangia muito enquanto ele subia e sua mente estava por demais ocupada no que iria fazer (e um pouco inseguro, e já um pouco cansado por conta da tensão que aquilo acarretava, era calmo, mas tudo tem seus limites), demais ocupada para poder ouvir o ruído que viera de um dos quartos, de seus sussurros, estranhos ruídos...

Apesar do tempo que passara desde a última vez em que estivera neste casarão, ele sabia exatamente aonde tinha que ir, o quarto exato, o que fazer, onde procurar, onde encontrá-las. E foi, e com a ajuda das ferramentas que trouxe, retirou, por detrás do armário, aquela falsa parede de madeira, o pedaço exato da madeira, ninguém a não ser ele o distinguiria e, no meio da sujeira dos anos, por detrás de todos aqueles panos já esfarrapados, ele encontrou o saquinho com as pedras. Parece até que a história se acelerou, pois repentinamente o vemos preocupado com o barulho que vinha do quarto contíguo, deveria estar sozinho, foi o que pensou e planejou, mas agora ele ouvia barulhos, um ruído seco e curto seguido de sussurros, não pôde ignorar agora que sua mente já tinha relaxado demais após encontrar o saquinho com os diamantes. E agora o encontramos já na sala, saía apressado daquele casarão, mal tivera tempo de pensar o que fazer, escondera o saquinho dentro da bota e rapidamente, sem olhar para trás, com a lanterna apagada, desceu aquela escada que continuava a ranger e logo já alcançava a rua, deixando para trás alguns estranhos ruídos feitos por pessoas que habitavam, escondidas, um dos quartos daquele casarão. Não era ainda uma hora da manhã...

Era ainda o começo da madrugada e isto o preocupava, o que poderia fazer, aonde deveria ir àquela hora? Começou a andar pela cidade, passo lento e mancando por conta das pedras na bota, a chuva já tinha finalmente amainado. Tinha ainda algumas horas antes do ônibus das seis e pouco da manhã, o que fazer? Estava nisto quando, em uma daquelas ruas arborizadas de sua cidade, ouviu um barulho vindo de dezenas de passos atrás. Seu coração bateu mais forte, mas manteve a calma de sempre, procurou um lugar apropriado em um dos muros altos daquela rua, encostou-se nele, fingiu parar para acender um cigarro, acendeu um cigarro e tentou ver, naquela rua escura (porque será que nestas horas as ruas são sempre arborizadas e escuras? Pensou baixinho... A fumaça do cigarro criando o clima de nosso imaginário), quem o estaria seguindo. Com todo o tempo do mundo, agora não chovia mais tanto, foi se convencendo de que ninguém o seguia, ao menos isto é um bom passo para se acalmar e tentar seguir o seu caminho. Não, não poderia ser ela, tinha planejado tudo isto com muito esmero, escolhera um dia que ela certamente estaria ocupada, era aniversário de seu filho mais moço, teria festa e coisa e tal, e ela estaria ocupada certamente. Quer dizer, quase certamente, mal sabia ele o quanto aquelas pedras eram importantes a ela, tão ou mais que a ele. Convencido que ninguém o seguira, seguiu caminhando, mas sabia, no fundo, que isto não era uma boa idéia.

Pensou em ir procurar abrigo em um hotel, mas já era tarde demais para isto, naquele fim de mundo procurar um hotel nestas horas seria muito suspeito e poderia até ser reconhecido, apesar de tanto tempo já ter se passado. Andar um pouco pela cidade, dormir no parque, voltar para a estação deserta, tudo se mostrou muito perigoso quando ele, virando um esquina, topou com um carro de polícia. Sabia que não poderia estar na cidade, a ordem judicial, e se fosse pego, tudo iria se complicar muito para ele. Mas o que fazer? E além de tudo, precisava de um lugar tranqüilo para olhar as pedras, examiná-las, saíra tão apressado do casarão que mal tivera o tempo necessário para tal. O encontro fortuito com o carro policial mostrou-se sem maiores conseqüências, mas o fez decidir, por fim, que o melhor seria retornar ao casarão, era o único lugar que conhecia e, se tivesse o devido cuidado, iria saber lidar com o que fosse que o assustou tanto nem meia hora atrás. Podia ser que o barulho fosse apenas um gato, gato barulhento, gato sussurrante, quem sabe? Quem sabe até o mesmo gato infame que agora há pouco o assustou naquela rua arborizada e escura. Sim, voltaria para lá, apesar de arriscado era o melhor a se fazer. E, perto das seis da manhã, voltaria à estação, poucas horas e estaria livre da cidade, com as pedras e em paz consigo mesmo. E longe dela, e longe de tudo e com tempo suficiente para pensar no que fazer depois, sua vida até aquele momento se resumia na busca daquelas pedras, era como se, à sua frente, um vazio se apresentasse, mas não se importava com isto, o que importava mesmo eram....

A forte chuva agora se transformara em uma mera garoa e a noite entrava naquela fase em que os seus silêncios começam a incomodar. O homem tinha pressa para verificar as pedras que agora lhe machucavam o pé mas também tinha que ter cuidado, não iria pôr tudo a perder agora. Em seu retorno ao casarão, pensou que talvez pudesse ter ido ao fedorento e pequeno banheiro da rodoviária, mas lá certamente não estaria tranqüilo para examinar as pedras. Pensou e repensou em outras possibilidades, como se vê, ele já não se sentia muito à vontade naquela cidade, a calma que antes aparentava ia se esvaindo. Sim, achou mais prudente voltar ao casarão, lá teria o tempo e a tranqüilidade necessários. E ponto final, a história precisa ser tocada.

No caminho, seus pensamentos se alternavam. Ora tentando se lembrar de todos os detalhes daquele longínquo dia em que matou o pai, ora tentando se convencer que a irmã teria herdado outros diamantes, ora vendo os seus sonhos se esvaírem na suspeita de que as pedras poderiam ter sido trocadas. Sua mente agora estava deveras agitada, o que o assustou bastante.

– Não podem ser falsas!, o seu grunhido raivoso cortou a noite silenciosa sem incomodar porém.

Naquele dia distante, o homem se lembrava agora pela enésima vez, tinha ido junto com o pai até o avaliador de diamantes, o perito que atestara o real valor delas. Foram juntos e ele não despregou por um segundo sequer os olhos daquele pequeno pacote no qual o pai as carregava. Depois, em casa, a discussão, a raiva dos dois, a facada e todo o resto. Não, tentava se convencer, não houve a mínima chance de troca, as pedras que agora trazia em sua bota eram de fato as que foram analisadas pelo perito e que ficaram descansando estes anos todos, escondidas naquela parede falsa do quarto.

Avistou ao longe o casarão, o mesmo casarão que ele sempre odiou, agora parecia ser a sua salvação. Mesmo querendo acreditar na autenticidade daqueles diamantes, a imagem de sua irmã usufruindo deles o irritava, ele merecia mais do que ela. Foi só aí que se lembrou que fora ela que tinha apresentado o avaliador ao pai. Em sua mente, tudo ficava claro agora: a irmã e aquele canalha juntos tramando contra ele, contra eles, maldita, malditos.

Estava tão confuso com suas conclusões que nem percebeu, ao entrar no casarão, que uma luz tênue de vela iluminava um dos quartos do segundo andar e só foi perceber que talvez não estivesse sozinho, que com certeza não estava sozinho, muito tempo depois, quando até já tinha se ajeitado no que era o escritório do pai, as estantes ainda lá, alguns livros puídos ainda lá, a imagem do pai caído e esfaqueado, sangrando, ainda lá, a irmã chamando o hospital e a polícia e ele imóvel, a correria e o pouco tempo que ele teve para esconder os diamantes, sabia que não poderia ser pego com eles, pois certamente não os veria novamente, foi isto que o fez perder o tempo precioso para a fuga, por isso fora preso e julgado e condenado e tanto tempo passou na prisão. E tudo isto ainda estava lá, agora, no escritório, com todas as suas cores e sons e personagens e cheiros, odores que só se acentuaram com o passar dos anos. E foi só quando já tinha se ajeitado no escritório e tirado a bota e começado a examinar as pedras, foi que ouviu novamente o barulho no quarto do segundo andar, agora identificava bem, eram vozes, não distinguia o que se falava, mas eram vozes, sussurradas que fossem, mas vozes sim.

Quem quer que fosse que estivesse no casarão estaria em desvantagem com relação a ele, qualquer um menos sua irmã, é claro, ninguém conhecia tão bem aquele casarão quanto os dois. Com a certeza de que sua irmã estava longe, ficou tranqüilo, e por isso gastou todo o seu tempo examinando os diamantes, como se ele fosse um conhecedor, como se soubesse distinguir entre falso e verdadeiro, um olhar neles outro na porta. Por fim, convenceu-se que eles eram de fato verdadeiros, tão verdadeiros quanto suas lembranças. Os sussurros pararam com o tempo, nada mais ele ouviu. Eram quase três horas da manhã e ele não queria dormir, não devia aliás, estaria bem melhor atento a tudo a seu redor. Mas seus olhos piscavam sem parar, não queria se mover muito na casa, o que aconteceria se realmente encontrasse com outras pessoas na casa? E se fossem muitos? Melhor esperar até o dia amanhecer.

Mas tem uma hora em que os olhos não agüentam mais, e a mente se entorpece, e tudo se confunde entre a tosca realidade e o sonho, naquele instante em que tudo fica perigoso, em que não temos mais a certeza de estarmos acordados nem a vontade de dormir se sobrepôs ainda. A névoa da incerteza, e de repente ela aparece na frente dele e o cobra os diamantes.

– Você pensou que eu tinha esquecido? E que era esperto o suficiente para me despistar? – sua voz era a de sempre, aquela ironia que tanto o irritava, a segurança que o exasperava, por que ela fora sempre assim superior a ele ?

Ele agora se sentia intimidado pela presença dela e de seus acompanhantes, três pelo que pôde distinguir naquela penumbra. E, na penumbra, ele pensou ter identificado o avaliador de quinze anos atrás.

– Mas eu só vim para ver a sua cara ao descobrir que os diamantes são falsos, é isto que me daria o maior prazer, saber que você esperou tanto tempo por isto, que apodreceu naquela prisão só para perceber e descobrir que sonhou um sonho errado, que se iludiu – sua voz o irritava sem sombra de dúvida.

E agora tudo é muito confuso como se fosse um sonho, e o que aconteceu iria se repetir várias vezes em sua mente nos próximos anos, ficaria com ele para sempre. Aproveitando-se da escuridão, ele avança sobre ela e, apertando o seu pescoço com seu colar de diamantes, a esgana e a mata. A imagem dela sufocando, desesperada, buscando o ar salvador, tossindo, tossindo... A imagem que ficará para sempre, agora ela estava sozinha com ele naquele escritório, aonde teriam ido os outros? Ele ouve um sussurro no segundo andar, novamente as vozes sussurrando, nem isto o faz soltar o pescoço com o colar de diamantes, que agora se arrebenta, o ruído das pedras ao chão, espalham-se todas pelo escritório todo, o amanhecer entrando pela janela, a penumbra se acabando, o adiantado das horas, ele percebe que está atrasado para o ônibus, não pode perdê-lo. Recolhe as pedras rapidamente, todas elas, a luminosidade difusa é agora suficiente para ele as recolher sem problemas, tão espalhadas que estavam. Sai correndo daquele casarão e mal nota aquelas pessoas que estão descendo assustadas a escada que range. Com a pressa de quem acordou atrasado para uma viagem, ele finalmente chega à estação, seu bilhete já comprado na véspera, ele consegue, no último instante, alcançar o ônibus que o levará de vez daquela cidade, com as pedras naquele saquinho, agora no bolso interno de seu casaco ainda úmido pela chuva que caiu naquela cidade que já fora sua e que não o verá mais. Ofegante, se despede dela sem remorsos, sem culpas, sem saudades, agora para sempre.

O ônibus, antes de sair da cidade, ainda passa em frente ao casarão, que agora está bem movimentado, até parece que aconteceu algo por lá...

São Paulo, abril de 2005.
(ou antes, talvez...)

O algebrista

por Flávio Coelho

Ele olhou os instrumentos que usava em cima de sua mesa de trabalho e, pela primeira vez, ficou em dúvida sobre a correção do que agora fazia. Na maca, logo às suas costas, o jovem rapaz gemia baixinho de dor, estava imobilizado pelo pavor e silenciado pela incerteza. Estava certo o que fizera? Quem é que poderia dizer isso com certeza?... Olhava suas mãos habilidosas com rancor, raiva, alívio e dúvida.

Terça-feira passada, ele se encontrou com o rapaz pela primeira vez pessoalmente, já o conhecia de vista o suficiente, ou pelo menos assim acreditava, para poder alimentar aquela raiva, que só o correr dos anos é capaz de forjar. Fora uma feliz coincidência para ele, não para o rapaz certamente, que seus caminhos se cruzassem de novo nestas circunstâncias. O rapaz tinha um osso deslocado, mal posto em seu lugar usual, e ele agora o examinava muito cuidadosamente, tentando a todo custo esconder a ansiedade e a raiva que pelo rapaz nutria. Teve todo o seu tempo para fazer isto e o usou sim, com a cautela, a paciência e a usual competência dos algebristas. Era de uma outra geração e mantinha-se ligado a seu trabalho de outros tempos, era quase uma profissão de fé. Tinha sua clínica ali, naquela casa velha, há anos, sustentara toda sua família com sua profissão e de repente lhe vem à mente a imagem da filha. Manuseava os ossos do rapaz, que parece que não envelheceu desde a primeira vez que o vira ao longe sem ser notado, parecia até que só ele envelhecia com a raiva cultivada, com aquele sentimento de vingança, e agora manuseava os ossos do rapaz, sabia muito bem como curá-lo daquela dorzinha que tanto o incomodava, um simples toque e o osso estaria recolocado a seu devido lugar, mas agora manuseava os ossos do rapaz sem pressa, enquanto pensava em sua filha, na filha e no jovem rapaz, e no que ele fizera a ela. E no que ele fizera a toda a sua família. Conhecia todos os ossos, era sua profissão, e sabia onde eles doíam, sabia manuseá-los para que doessem realmente, e se aproveitava disto naquele momento, fazendo-o sofrer um pouquinho que fosse, seguramente muito menos que ele próprio já sofrera. Olhou os seus instrumentos em cima da mesa e teve dúvidas novamente. Alívio e dúvidas.

Viu-se voltando no tempo, meses atrás, e ele ainda curando as feridas de sua filha, feridas que nunca se cicatrizavam, nunca paravam de sangrar e mal sabia ele, ou sabia e não reconhecia, ou sabia e reconhecia, mas preferia não se atentar, e mal sabia ele que se, durante o dia, ele cuidasse daquela ferida imensa que nunca se cicatrizava, de noite, ela a cutucava, com suas longas unhas, cutucava-a até voltar a sangrar, até voltar a não se curar novamente. O que um fazia de dia, outro o desfazia de noite. A mulher, já desistira disto tudo, cansou-se deste estúpido jogo entre eles, e se fora de vez da vida deles, já devia morar em outra cidade, talvez tivesse até uma outra família. Naqueles tempos, tudo isto era um escândalo, mas ele lá tinha tempo de pensar nisto e se importar? E ele lá tinha tempo agora para se aborrecer com tudo isto? Seu pensamento agora se concentrava em suas mãos, em suas dúvidas, em sua raiva e em sua vingança, e no que realmente importava.

O que realmente o interessava estava naquela estante cheia de livros sobre ossos, sobre como fazê-los se fundirem de novo, como recolocá-los a seus lugares usuais, tudo o que aprendera nestes anos todos de prática, poucos instrumentos e mãos habilidosas. Aquele milagre se realizando em nível microscópico, células se grudando umas às outras, naquele pretenso silêncio, só audível aos algebristas, para, ao final, dar a devida sustentação a todo o corpo. Por que tudo na vida não era tão simples como colar ossos? Olhava seus instrumentos em cima da mesa agora e pensou em como tudo era injusto, sentiu-se neste momento traindo algo importante, um voto do passado se quebrando como o osso do rapaz à sua frente. Ao ouvir o gemido do rapaz quase inconsciente agora, sentiu-se vingado e traidor, pela primeira vez em sua vida usava o seu conhecimento dos ossos daquela maneira. Anos de estudo para chegar àquele momento, o conhecimento exato do ponto em que aquele osso partido nunca voltaria a se cicatrizar, o osso que nunca mais se fundiria naturalmente, a perna encurtada e o mancar para sempre, incômodo eterno. Ninguém mais poderia ajudar o jovem rapaz, só ele poderia ajudá-lo e seguramente não estava disposto a isto, e este pensamento o fez ficar tranqüilo consigo mesmo. Daqui a pouco sairia por aquela porta, iria para casa, contaria à sua filha o que fizera na talvez vã expectativa de vê-la parar de reavivar constantemente suas feridas e iria embora dali, sumiria daquela cidade, cansado que estava de tudo aquilo, seu dever cumprido, recomeçar sua prática em outro lugar, para apagar este pequeno pecado de hoje. Nada mais a fazer, nada mais a fazer...

E desta vez, nem iria limpar seus instrumentos de trabalho, iria embora sem sequer se preocupar em esperar o rapaz se recuperar das dores que agora sentia, ampará-lo sequer. Já tinha dispensado, horas antes, a mulher que o ajudava com seus clientes, precisava sim de alguém lá constantemente, este tal de telefone era uma novidade à qual não se acostumara ainda e era sempre bom ter alguém agendando os pacientes, ajudando-o vez por outra com seus instrumentos de trabalho, limpando-os e desinfetando-os. Mas sua ajudante já estava longe agora, o rapaz era o último paciente do dia, agendado com cuidado, não queria nada perturbando o que iria fazer.

Quanto tempo assim nutrindo a raiva que não passa e esperando por alguma feliz coincidência que não deveria vir nunca e veio? E veio, e rápido demais, pensava ele neste momento que a vingança era algo estranho, espera-se muito tempo por ela e quando vem, tem-se a impressão que veio rápido demais, como se faltasse ainda a preparação final, o toque principal, e tudo se dá como se vivêssemos em um eterno improviso e surpresa, o momento chega e nunca estamos totalmente preparados. E não pôde evitar o estranhamento daquele momento, daquele silêncio, justo ele que adorava ouvir o suave silêncio dos ossos se fundindo, agora sentira prazer com o seco barulho de um deles se partindo.

Alcançou a rua calmamente, caminhou para casa, o seu cotidiano trajeto para casa, cumprimentou seus velhos amigos jogando damas na praça. Hoje não, não posso ficar, tenho coisas a fazer, justificou-se aos amigos. A dúvida persistia, fizera a coisa certa? atravessou a praça e seu pensamento se fixou na imagem do jovem deitado na maca, cabelo loiro escorrido na testa. Loiro? Sua mente deveria estar troçando com ele, o jovem tinha cabelos escuros, lembrava-se bem de sua filha comentar sobre isso. Sim, o jovem que não envelhecia, só ele e só a filha envelheceram nestes quase dez anos, cabelos escuros e alto, assim a filha o descrevera no primeiro dia, estava ela muito entusiasmada, entusiasmada e distraída por aqueles tempos nem deve ter percebido que ele não era tão alto assim, ou será que a dor faz as pessoas se apequenarem? Primeira vez que pensou sobre isto, ele tão acostumado com a dor dos ossos. A filha sempre distraída, distraída como ele agora que passou pelo bar sem parar, tinha pressa para chegar em casa.

Ao entrar na casa, a porta só encostada como por desleixo ou pressa, percebeu que ninguém estava lá, nem sua filha estava por lá, achou estranho ela ter saído, reclusa que ficara há quase dez anos. Procurou-a pela casa toda, estranho, achou estranho, talvez ela tivesse sabido o que ele fizera e fora se encontrar com ele, por isso a porta mal fechada, a pressa ao sair. Ainda esperou um pouco, tempo suficiente para se convencer a voltar à clínica, seguramente a encontraria ou lá ou no caminho de volta. Na dúvida, deixou a porta entreaberta, ela não deveria ter chave, não iria deixá-la esperando do lado de fora. Apesar de não ter muita vontade de voltar à clínica, não queria encontrar o jovem rapaz loiro de novo, queria sim encontrar com a filha, contar-lhe a novidade, estava ansioso para contar-lhe que finalmente resolvera sua dívida, estavam livres de seus pesadelos agora. Ansioso e distraído, ele passou de novo pelos amigos do jogo de damas que estranharam aquela pressa toda, ele que vivia para si há muito tempo, sempre sozinho e calado, desde aqueles dias terríveis, os amigos reconheciam.

Entrou na clínica vagarosamente, suas mãos úmidas de ansiedade. Notou umas gotas de sangue no corredor que dava ao seu consultório, mas ele estava vazio, nem sinal dela ou dele. Tudo no seu devido lugar, a não ser o silêncio dos ossos partidos ainda ecoando pelos cantos. E as gotas de sangue. Um olhar rápido e percebeu que não tinha mais nada a fazer lá, estava vingado do jovem rapaz que deve ter saído de lá mancando, e assim o faria pelo resto da vida. Nem se preocupou em limpar os seus instrumentos que agora jaziam culpados em cima da mesa. Pegou o seu casaco e seguiu para a rodoviária, ainda era cedo e poderia até escolher qual ônibus usar para sair daquela cidade para sempre, mais nada a fazer, mais nada a fazer....

São Paulo, maio de 2005.

Geriátricos

– Agora imagina que você está deitada no tapete de pêlos...

Era o que ela queria escutar ele dizer naquele momento e era o que ele queria dizer, a conversa ao telefone já durava seus quinze, vinte minutos, aquela ligação interestadual e inesperada naquele final de sábado. Sim, durava já seus quinze, vinte minutos, mas nenhum deles tinha pressa. Mais cedo ou mais tarde, ele iria falar, ou não, e ela iria se sentir, ou não, deitada no tapete de pêlos que tanto gostava. Mas neste momento, ela já passava sua mão livre, levemente, pelo corpo e ele já estava excitado, mas cada um escondido pela distância.

Já tinham se falado ao telefone antes, aliás, pouco tempo depois de se conhecerem em uma sala de bate papo. Ela perguntou por que ele era *quase sozinho* e ele respondeu que só diria se ela dissesse por que ela era *legalmente loira* e não precisou muito para terem aquela empatia que só se consegue quando uma *gatinha* e um *esnobado* se encontram, mesmo sem nunca terem se visto. Ela mandou uma foto a ele, que gostou muito de seu sorriso, e ela teve que esperar um pouco para vê-lo, mostrou-lhe uma foto no meio da *torcida do flamengo* e ela ficou um tempão tentando imaginá-lo ali, *o que você faz aí sem cachecol neste frio?* Quis saber. Muitos *rssssss* e *kkkkkkk* e *hehehe* depois eles já se sentiam menos travessa e menos quase sozinho.

Mas neste momento, era sábado, nunca tinham se falado em um sábado antes. Na véspera ela tinha escrito chateada por uma semana estressante e ele mandara a ela *um cafuné, um beijinho na testa e um colinho,* mas sabia que era pouco, sabia o que ela queria e queria mais, e ele também aliás, já estavam por demais ansiosos de vontade e já de saudades, ele daquela voz suave (e aquele risinho gostoso de ouvir!) e ela daquela voz sensual (e ele ria disto, como pode ser? Sensual... hehehe). E ele pensou em ligar no domingo de manhã, tinha medo de acordá-la, mas queria ouvir a sua voz, seu risinho tão especial, quase um ronronar, queria saber se o cafuné a tinha feito bem, se o colinho a tinha animado se o beijinho na testa... Mas tinha medo de ligar, ficou ensaiando o que dizer ao caseiro que poderia atender o telefone, como tentar convencê-lo a acordar a patroa, o que dizer para o caseiro? Que era o namorado da gatinha que estava ligando? Imaginava o caseiro se perguntando que louco que é este cara? A patroa não tem namorado... E não vou acordá-la não que senão ela me mata... E por favor não insista que eu tenho mais o que fazer... Precisava ligar em uma hora que ela estivesse acordada, não queria se arriscar a ligar como naquele outro domingo, e sentir-se frustrado por ninguém ter atendido, a frustração nestas horas é terrível.

Mas não ligou no domingo, não conseguiu aguentar esperar para falar com a namorada, sim namorada, pediu-a em namoro (como pode? Riram disto um bocado, em nossa idade!), e enquanto ela se avermelhava, ele não viu, mas ela se avermelhou nesta hora, e ela mudou de assunto, não poderia parecer muito fácil, assim a ensinaram, contou depois para ele, e se divertiam muito com tudo isto. Mas ele não se divertiu naquele momento, perdera o jeito, ficara sem graça mas não desistiu e, na segunda vez que pediu, ela aceitou namorar com ele. Riram muito disto tudo... Como é bom a inconseqüência... Mas, desde então eram namorados, ninguém mais sabia, mas eram sim...

E no sábado, ligou, só dava ocupado, ela deve estar no computador, vou mandar um e-mail dizendo que queria ouvir a sua voz... E nada, e ligou no celular que o ignorou... E ficou lá em seu escritório, não tinha muito tempo nesta tarde, mas queria ouvir a voz suave, o riso ronronante. Ele conhecia, tal qual ela, a frustração de não poder se falarem. Mas ela estava dormindo, nada de computador naquela hora, estava dormindo e aproveitando o calor da coberta naquele princípio de outono, queria um chocolate quente com cognac, e depois uma banheira quente, ainda dormia, quando ele ligou, e quando acordou estava sem vontade alguma de ir para aquela festa do Lion´s, sem vontade alguma, acordou pensando. Olhou o telefone que tinha chutado inconscientemente durante o seu sono, estava jogado ao chão. Ainda se espreguiçando, e ronronando, checou o seu celular e tinha lá um número esquisito, alguém tinha ligado mas ela não identificava o número... Todos os seus amigos de São Paulo tinham nomes, ela pensou, este não tinha... Podia ignorar mas o quentinho debaixo da coberta a fez arriscar, imagina se estivesse com pressa? Teria ignorado, mas não tinha pressa, se não conseguir reconhecer a voz, eu desligo, pensou. Arriscou, e pela primeira vez, demorou um tempinho para dizer um *oi querido!* quando falava com ele ao telefone... O toque do telefone o surpreendeu, já estava se preparando para desistir, frustrado.

Já quinze minutos eles se falavam agora, ela de vez em quando se espreguiçava provocando-o, e ele, curtindo aquele momento, foi adiando a pergunta que certamente viria, quem tem pressa, afinal? E foi adiando, e conversaram sobre várias coisas e ouviram juntos o barulho ao longe que ela identificava bem, estava mais perto, e ele sequer sabia o que era. E ela contava-lhe todos os seus planos, ele gostava de ouvir, agitada que era, descrevia tudo e todos, ele tímido e tranqüilo curtia tudo isto.

– O que você está vestindo? – ele perguntou e, pronto, começou... E ele e ela sabiam que tinham finalmente começado o flerte e os dois sabiam onde terminaria, dois ansiosos a setecentos quilometros de distância. Dois ansiosos, esperando por isto há muito, a distância restringindo a ação e ele, quase sozinho que estava naquele momento, e ela tentando entender por que não se encontravam logo, agora mesmo que fosse, para ela tudo era tão simples, bastava pensar e estava resolvido, a ele não, todo um caminho a percorrer, da decisão à execução, signos diferentes, empatia total, quem diria. Tinham feito planos, ele já tinha sido convidado e desconvidado por ela a festas e a viagens, até para uma viagem à Holanda ela o convidou, imagina só! E já tinham o chalé reservado esperando por eles, como era mesmo o nome do vilarejo? Ele tentava se lembrar, e até a mesa no restaurante panorâmico em belô, lá esperando, esperando...

– Quer saber mesmo? Uma camisolinha de alça... – ela sentiu um arrepio ao responder isto e explicava a ele como era que enganava a mente para poder dormir de dia, fechar a cortina, vestir a camisolinha... Ele nem prestava atenção, só imaginando... Só despindo aquela foto que ele tinha dela, vestindo-a em seguida com a tal camisolinha de alça, era de bolinhas? Perguntava-se curioso.

– Você tira para mim? – ele arriscou... No primeiro dia, em uma daquelas brincadeiras de começo de conversa, de especulação e cuidados especiais, ela diria a ele que naqueles *chats,* depois da troca de duas palavras, os homens já vinham querendo saber o que ela estava vestindo, achava isto muito deprimente... E ele se divertia e brincava, vez ou outra, perguntando como ela estava vestida. Mas não desta vez, não brincava desta vez, e ela tampouco achou esta pergunta impertinente, imprópria, suas mãos já estavam suavemente tocando o seu corpo. Desta vez, gostou muito da pergunta...

– Péra um pouco... – e ele ouviu o telefone ser posto de lado, e um ruído manso de passos de gata travessa, e um ruído de uma camisola de alça sendo tirada, e quem nunca ouviu um tal ruído, não tem a mínima idéia de como é gostoso ouvi-lo assim à distância... – Pronto.

– Como você está agora? – ele sabia que ela tinha ido fechar a porta, não queria que a filha entrasse atabalhoadamente em seu quarto como por vezes fazia, que ficasse quieta no outro quarto assistindo televisão com sua amiga. A pergunta a fez se avergonhar um pouco, disfarçou o arrepio.

– Só de calcinha...

– Só de calcinha? – sentiu-se, sentiram-se, excitado, excitados, agora – posso te pedir algo? – como é gostoso este jogo, é claro que ela vai dizer sim, é claro que ele vai pedir, é claro que ela desta vez vai aceitar, mas a pergunta é essencial no jogo, não se pode fazer um tal pedido sem pedir permissão... Quem tem pressa afinal?

– Você pode tudo, querido... – sua voz já estava mais ofegante, como no dia que ele pediu para ela ronronar no próximo banho de banheira, ronronar gostoso pensando nele, o indefectível vinho que ela sempre trazia nestas horas, o livro que tanto a excitou, o conto erótico que tanto a perturbou, e ela o fez, sim, gostoso pensar que alguém ronrona por ti, ele pensou. Posso tudo? Ele pensou... Ah! Se fosse verdade...

Ele pediu e ela tirou, sem antes pedir para ele esperar de novo e ele ouvir o barulho que as calcinhas fazem quando saem apressadas, ansiosas e úmidas de um corpo quentinho e agora, o cenário estava pronto, ela nua na cama, ele excitado sentado à mesa de seu escritório. Ele pediu a ela que se acariciasse com sua mão livre, se é que alguma mão é livre, deixa para lá (e isto lá é hora de filosofar!), o que importa é que ela o fez, perguntou como eram seus seios, ela o descreveu, volumosos mas não grandes, o biquinho rosado e pequeno, e ele perguntou se... Mas é claro que sim, ela respondeu sem nem ouvir a pergunta, sim, ela gostava que os mordiscassem (e ele registrou em sua mente para não esquecer no primeiro dia que fizessem amor ao vivo e não este *laboratório* como ela dizia, rindo e provocando). E pediu para ela acariciar o umbigo, a barriga, como era? Ela gemeu de leve e não respondeu, sua respiração se ofegava um pouquinho mais. Ele foi abaixando a voz, sussurrava agora, e pediu para ela abaixar um pouco mais a mão, agora acaricia os pelinhos, pediu, de que cor eram? Ele perguntou e ela sorriu e ele sentiu a respiração mais ofegante.

– Seriam loiros se existissem – e ele quis saber e ela contou, e ele especulou e ela respondeu, divertia-se muito com ele, era tudo novidade, como é boa a descoberta, como é bom o amor tranqüilo... O amor primeiro...

E ele então pediu que ela abaixasse mais a mão, e ela riu e disse que ele estava atrasado no pedido, riram juntos... Ela estava mais ansiosa que ele, ao que parece, e ele então perguntou, baixou a voz para perguntar, e ela sentiu o sussurro dele ao seu ouvido, agora aquela vozinha entrava fundo em seus ouvidos, mexia fundo com ela, lembrava do primeiro dia que o escutou, ela dizia que sua voz era sensual e ele ria, como pode isto? E ele perguntou se suas pernas estavam abertas e ela ronronou, era uma resposta aquilo? E ele perguntou então se suas pernas estavam apertadinhas em sua mão e ela suspirou mais fundo, gemeu um pouco mais e nem precisava responder, e ele seguiu falando, e ele sabia que suas pernas apertavam os dedos que agora penetravam delicadamente em seu corpo, e repetiu a pergunta até conseguir uma resposta, a resposta ele já tivera na primeira vez, mas a cada vez, seus gemidos eram mais gostosos de ouvir e seguiu perguntando e sugeriu então que ela o imaginasse por lá, coladinho a ela, e ela gemeu e ele pediu para ela gozar e ela gemia e a ligação prosseguia, ele pedia e ela gemia mais e mais, imagina se neste momento a ligação cai? Mas não caiu e ele seguiu com sua voz sensual (ela dizia e ele ria, como pode?) e ela seguia com seu ronronar gostoso de ouvir, seus gemidos e seu risinho suave, ele agora descobria como era bom fazer amor com ela, mesmo sem fazer, e ela se convencia de que queria sim fazer amor com ele, quando seria? Se perguntavam, e sussurraram e gemeram por um longo tempo ainda. Como é bom o amor tranqüilo, como é gostosa a descoberta... Nossssssssssssa...

Ele ainda sussurrava ao seu ouvido e, enquanto ela recuperava sua respiração, ainda pediu para ela se imaginar de costas e imaginá-lo ali acariciando-a, beijando-a nas costas toda, enquanto ela ainda parava de ronronar, e ele pensava como era injusta a vida, e no porquê não poderiam eles estar juntos neste final de sábado friorento, deitados no tapete de pêlos que ela tanto gostava e ela ainda não estava pronta para pensar de novo, ocupada que estava em curtir ainda a sua mão alisando-a de leve, seus olhos fechados, como ele pedira. E ele pensava, frustrado, em como a distância os impediam de se tocarem, ela não entendia o porquê desta espera toda, eles ainda iriam conversar sobre isto, não ao telefone, ele disse, não ao telefone, ela respondeu, tinham coisas mais importantes a fazer nestas horas. E ele pediu paciência e ela disse que por enquanto teria.

Ela se arrumou para a festa pensando nele, um macacão de colant, frente única, saia curta e uma bota, ah! Uma bota, ele tinha tara por botas, ela sabia e curtia isto. E foi feliz para a sua festa, e até ouviu divertida o conselho dele que a queria, disse rindo, como é bom tudo isto, de volta para casa cedo... E ele, quase sozinho naquela noite, curtindo o telefonema, o *laboratório,* o momento.

E os geriátricos, cada um para o seu lado, sentindo-se adolescentes...

São Paulo, 2005.

Penumbra

Sua mente acostumada àquela penumbra da sala rapidamente achou o caminho de sua poltrona predileta. Estava cansado, vivia cansado ultimamente e aquele momento em que chegava em casa e sentava e fechava os olhos era o único que realmente o satisfazia. Nem era tão velho, achava, mas começou a sentir muito o peso de seu passado, dera para se preocupar com uma série de coisas, às quais nunca prestara muita atenção antes. Mas nestes momentos, sentado no escuro, só sob a difusa luz que vinha por aquela janela, na penumbra formada por ela, só assim ele se sentia em paz. E aí e lá, olhos fechados e cabeça para trás, tentava rever o seu passado, tentava se achar naquele presente, tentava constantemente se convencer de que era mentira tudo o que o acusavam, tudo já fora explicado naquele tribunal, fora absolvido e estava quite com a sociedade. E até consigo mesmo, convencia-se freqüentemente.

Repentinamente, lembrou-se do telefonema do filho, dois meses atrás. Fora uma conversa até amistosa, dado o que viveram nestes anos todos, dado tudo que tivera que ouvir dele à época do julgamento, já há muitos anos. Conversaram amenidades depois de tanto tempo sem se falarem e, como era de se esperar, a conversa acabou quase que instantaneamente, sintomática falta de sintonia que sempre houve entre eles. Naquele dia sentiu-se muito bem, antevia um novo relacionamento com Diego, o filho com quem mais tinha brigado no passado, o único que não aceitara o que aconteceu de forma natural, pois assim acontecera de fato, ele tentava convencer os outros sobre isto, só ele sabia o quanto tentara, só ele... Mas esta tranqüilidade durou um dia só, já no seguinte começou a sentir este estranhamento todo que agora sentia, este cansaço crescente e crescente, a real necessidade de parar e rever e repensar e refletir e remediar e recusar e recuar e renunciar... Por que será que aquele telefonema mexera tanto com ele? Por que trazer os fantasmas de novo, por que? E já se passavam dois meses desde aquela ligação, uma eternidade quando se está acuado pelo passado, e o desconforto persistia.

Ele sempre dizia a quem quisesse ouvir que a absolvição que obtivera no tribunal era o que valia, para todos os efeitos era isto que contava, um julgamento justo e uma absolvição legal, para ele era o que o deixava tranqüilo, era o que contava afinal, não podia e nem devia se levar pelas opiniões alheias, fora absolvido e era isto o que contava. Era o que contava, era o que realmente contava... Mas agora, mesmo não reconhecendo o contrário, sentia-se perturbado. O filho não ligara para cobrá-lo de algo, parecia querer se reconciliar afinal com ele, isto é certo, e ele ficara de ligar logo de volta, contar as novas, manterem-se em contato um com o outro, quem sabe até almoçar juntos algum dia. Mas nunca o fazia, alegava cansaço, falta de tempo ou de assunto e, é certo, ele próprio não queria reconhecer que a ligação o perturbara sim, o fazia reviver tudo aquilo, a morte da mulher, todo aquele sofrimento, o processo criminal, tanta dor, o julgamento, a eterna e insuportável dor de cabeça, tudo acontecendo simultaneamente. E o isolamento total, sim, ao final pagara a sua pena... Mesmo absolvido, era o que contava afinal.

– Sabe do que me lembro muito bem?

A pergunta ecoou naquela penumbra e o pegou de surpresa, pensava estar sozinho, tinha a certeza de estar sozinho na sala de seu apartamento. Seus olhos se abriram e procuraram desesperadamente a origem daquela voz que ele, agora, identificava como sendo a de Diego. Uma fraca luz de abajur se acendeu no outro extremo da sala e foi só aí que ele o viu lá, sentado, muito tranqüilo, um copo à mão, encarando-o de longe.

– Uff! Você me assustou! Não faça mais isto... Como você entrou? Deveria ter me avisado...

– Você sabe do que me lembro, pai?

Tremendo um pouco, ele ainda não estava sequer preparado para entender a pergunta, quem diria para responder. Ainda surpreendido, o coração acelerado pelo susto, era sim o Diego, ali na sua frente, ainda aquele garotão (agora quarentão) irônico e inconseqüente, ainda o seu filho indomado, Diego, o imperfeito, como ele gostava de se autodenominar, jogando sempre com as palavras. Mas o que fazia aqui neste momento? Sentiu-se muito intranqüilo com tudo aquilo, nem parecia o filho que ligara dois meses atrás. Com aquele olhar duro e direto estava mais para o filho que tanto o cobrara antes, por isso precisava ganhar tempo até se acalmar e entender o que afinal ele queria ali, sentado à sua frente, na penumbra.

– Filho, que bom te ver – levantou-se, já ia em sua direção, mas percebendo que Diego nem se mexia, desviou-se e foi até o bar fazer uma bebida para ele também. – O que o traz aqui? Estava justamente pensando em te ligar para saber das novas – tentava esconder o nervosismo.

Sim, preparou sua bebida tentando se mostrar calmo, mas percebia que de um momento a outro, rapidamente, o filho se transformara no centro de tudo aquilo, era o filho que agora dominava a situação, ele parecia mais à vontade ali que o próprio dono da casa. Continuou:

– Gostei muito de nossa conversa ao telefone naquele outro dia... Queria conversar de novo com você, mas você sabe a correria que é esta nesta cidade.

– Pai, o senhor se lembra daquele dia, muito tempo já, em que fomos visitar o vovô no asilo? Eu era pequeno...

Mas de onde vem este assunto agora? Meu pai... Tanto tempo ele morreu, pensou perturbado.

– Sim, lembro. – estava inseguro, tentava imaginar aonde o filho queria chegar com aquelas perguntas – lembro sim de você pequeno, era traquineiro à beça, aprontava cada uma que sua mãe... – parou repentinamente de falar, percebeu na hora que não devia nem mencioná-la.

– Pai, me serve outra bebida? A minha já acabou...

Ele pegou o copo do filho e o encheu devagarinho, sob um olhar atento e perturbador. Fora absolvido, era o que contava, e já pagara a sua pena... Sentiu sua mente pesada naquele momento, por que será que o fantasma tinha voltado? E agora não conseguia evitar pensar que Diego só telefonara para perturbá-lo, para deixá-lo assim, só o visitava agora, era uma visita realmente? ele se questionava, só o visitava agora para cobrar dele algo que já passara, tudo deveria estar perdido lá longe no passado, esquecido, de onde afinal ele tirava esta história com o seu avô?

– Mas, pai, eu falava que me lembrava muito bem de nossa visita ao vovô naquele asilo. Tá aqui em minha mente, fresquinha, era uma tarde meio quente, nós fomos no fusca verde, lembra? – o pai agora se lembrava de algo sim, até esboçou um sorriso, mas não sabia aonde aquela história iria chegar, melhor deixá-lo falar... – fomos, visitamos o vô, ele até parecia bem, não se lembrou muito da gente nem sabia quem éramos, mas o que isto importava, não é? Ele pareceu se animar com nossa visita e coisa e tal. No caminho de volta, conversamos um pouco, quer dizer, você sempre foi mais ligado aos monólogos, não é? E eu era meio criança ainda, digamos que monologamos um bocado naquele longo caminho de volta para casa, pareceu mais longo aquele dia, pareceu que você dava algumas voltas desnecessárias, ou foi só a impressão da criança tola que eu era.

Nem aquela voz monocórdia do filho parecia acalmá-lo. Sempre estivera ligado ao seu pai, e o que Diego não parecia perceber, nunca o fez realmente, era que a sua doença o exasperava de forma absurda, era para ele uma agressão interná-lo, faria tudo para tê-lo por perto, mas nem tudo era tão fácil assim, é difícil a uma criança perceber certas coisas, seu pensamento agora voava e parecia ignorar que o filho continuava a falar.

– O senhor parecia triste ao falar do vô, seguíamos o longo caminho para casa e fui percebendo o quanto você gostava dele, só não queria vê-lo sofrer. Mas no meio do caminho, você me disse algo que, naquele momento, me assustou e me fez prometer... Me lembro bem, paramos o carro naquela sua praça predileta. Você tem ido muito lá, pai? – nem esperou pela resposta que sequer tinha chances de vir, seu pai na espera angustiante do que teria que escutar... – nós paramos lá e você me disse algo do tipo: *filho, presta muita atenção no que vou te dizer*, você disse isto de forma solene, pai, *filho, você viu o estado em que se encontra o seu avô, a pior coisa que pode acontecer a alguém é perder a razão, perder a memória.* Você me disse isto, pai, me lembro tão bem disto, eu ainda não perdi a minha memória! – sorriu amarelo de sua própria piada – você me confessou então que tinha medo de perder a razão, e a memória é a única conexão de alguém com a razão... Que não queria que isto acontecesse de forma alguma com você, que preferia até se suicidar um instante antes disto acontecer.

Ele agora ia relembrando aquela cena, sim, se lembrava agora do resto, e isto o exasperava, aonde o filho queria chegar? Sua mente ainda funcionava e, apesar de seu sofrimento, de seu cansaço repentino, as injustiças, ainda assim sua mente funcionava. Já estava de volta à sua poltrona predileta, fechou os olhos, encostou a cabeça e ouvia...

– O senhor se lembra daquele filme que vimos juntos, pai? Ô diacho, não consigo me lembrar do nome, mas tinha uma cena que sempre me intrigou. Um cara, era o Marcelo Mastroiani? Acho que sim, ele estava intrigado com uma bexiga de borracha. Ele a enchia, chegava a um certo ponto e parava, o que ele queria na realidade era encher a bexiga até o seu limite máximo. Se parasse de encher antes deste limite, ele se sentiria frustrado por não ter conseguido encher mais, mas se, por outro lado, tentasse encher um pouco mais e ela estourasse, tinha a certeza de que falhara. Qual o exato momento de parar de encher, parar de soprar? Isto o exasperava...

Pois é, pai, o senhor me fez prometer naquele parque que eu o avisaria quando chegasse a hora, que eu falaria abertamente quando você estivesse perdendo a razão e fosse a hora exata para a sua partida... Nem muito cedo nem seguramente tarde demais.

O que o filho queria dizer com isto? Que eu estava perdendo a razão? Ele não sabe o que é isto, eu que acompanhei a doença de meu pai, seus pensamentos estavam confusos, ele tentava se enganar escutando o filho falar.

– E isto também me exaspera, você sabe que não sou nenhum santo, sou imperfeito, como diria mamãe, mas também não posso deixar de cumprir uma promessa deste tipo... – Diego não pôde evitar um de seus sorrisos, era o tipo de ironia que o pai odiava... – Eu fico aqui pensando comigo mesmo *será que já é hora, pai?* E há de haver pessoas que hão de achar que este momento já passou há muito tempo... Mas, aí vem o ponto, quem é que decide o exato momento da perda da razão? Em que momento começamos a misturar tudo isto em nosso grande liqüidificador mental e ninguém já nos reconhece mais? Quando é que é a hora de partir, pai? Será que nós mesmos temos esta consciência? Quem julga o momento exato? Nós ou os outros? Intrigante isto, não é, pai? E eu fico aqui cheio de dúvidas... – Diego levantou seus olhos e pareceu sonhar.

Neste momento, ele começou a sentir de novo o seu passado bem presente, o passado entrando por aquela porta, arrombando a janela junto à luz difusa, invadindo a sala a galope e, em um uníssono barulhento e cruel, perturbando-o com sua presença, o filho sim tinha razão, a ele seria desesperador perder a razão, não queria ser visto por outras pessoas naquele estado lastimável, todos sentindo pena dele, era vaidoso demais para suportar isto e, além do mais, ainda não era hora para desistir, ainda seguia firme em seus pensamentos, isto sim e iria mostrar ao Diego que não era a hora, ainda não, ele sim é que saberia a hora exata, perfeito controle que tinha de tudo. No julgamento, lembrava-se bem agora, seus advogados queriam que ele alegasse insanidade, mas ele não quis, era vaidoso demais, a imagem de seu pai ainda muito presente, a ignorá-lo como se ele nunca tivesse existido, seu pai sem memória, sem razão, vegetando seu infeliz término de vida, com todos sentindo pena dele. Mas outra vez, Diego interrompia seus pensamentos.

– Pai, me fala uma coisa... Eu nunca soube se você realmente conseguiu superar a morte da mamãe... Aquele acidente... – Diego sabia como provocá-lo.

Diego sabia como provocá-lo, ele tinha certeza que agora estava chegando ao ponto, esta provocação era desnecessária, o que ele queria dizer com isto? Seus olhos ainda fechados não deram chances ao Diego perceber que ele agora acusava o golpe, ficara imóvel, ainda absorto em suas lembranças e ainda se organizando para reagir ao filho. Quis dizer a ele, pela undecentésima vez, que sua mãe morrera em um acidente e que ele não tivera culpa alguma nisto, quantas vezes eu preciso dizer isto, meu filho? E a justiça tinha reconhecido isto, era o que contava afinal, não era, meu filho? Quis dizer também o quanto sofrera por conta de tudo aquilo, quis dizer que se sentira discriminado pela família depois daquilo, tanta coisa quis dizer, quis dizer que tivera que fugir desta cidade como um criminoso e que, se voltara a ela sem muito alarde tempos depois, foi para se acertar com seu passado. Quis dizer também que ainda estava muito lúcido, mas não disse, mais não disse, assim como também não quis dizer que nem ele, Diego, nem seus outros filhos, nenhum deles ficara um momento sequer ao seu lado depois daquele infortúnio. E nem disse, ou revelou, ou o que seja, nada do que sentiu nestes anos todos. Ainda mantinha a razão o suficiente para não cair nestas armadilhas.

– Pai, não se preocupe em me repetir tudo o que você está pensando agora, sei tudo de cor. Posso pegar mais uma bebida? – levantou-se pela primeira vez e serviu-se, a garrafa já se esvaziava.

Ele não abriu a boca para falar. Conhecia o filho e, se em outros tempos ainda reagiria a isto, agora sentiu que não teria mais nenhuma chance neste embate verbal. Conhecia o filho, sim, sempre envolvido em confusões, tantas vezes esteve perto de ser preso, tantas confusões abafadas, tantas ironias que teve que escutar ao longo destes anos todos. E agora vem ele lhe cobrar algo, vem lhe cobrar uma coerência que nunca tivera. Queria saber o que acontecera com a mãe?

– Quer saber o que aconteceu com ela? Aliás, tanto faz a minha versão, não é? Que você invente uma conveniente, que te satisfaça totalmente, para que possa dormir tranqüilo, estou cansado, tudo o que tinha a dizer, já disse. – Diego, – agora abrira os olhos e o encarou – estamos nos enganando nesta história toda, o que você faz aqui afinal? Por que não me deixa em paz afinal? – mal terminou a sua pergunta e percebeu que Diego trazia uma arma à mão, a resposta estava dada.

Sim, agora já sabia a resposta.

– Quer mesmo saber a resposta, pai? Eu vim cumprir a minha promessa de criança, vim avisar que você está prestes a perder a razão, já não se lembra mais das coisas direito, é hora de ir embora antes que seja tarde. É a hora do elefante, pai...

A hora do elefante, que ironia...

– Quem é você, filho, pra decidir que eu já vivi o suficiente?

– Ora, pai, não me venha agora sacando o seu arsenal de ironias contra mim... Não é...

– Eu?

– ... Não é a...

– Olha quem fala... Arsenal de ironias... Dieguinho imperfeito, ora!

– Não é.... Ninguém nunca viveu o suficiente, isto não existe, pai. Estamos falando de outra coisa muito diferente. Ou você falou tudo aquilo naquela época apenas para me impressionar? Foi uma promessa, pai, vim cumprir!

– Rumpff! Você é nojento...

Mas ele ainda não se sentia preparado para se retirar, só o que pedia era que o deixassem em paz, já não cumprira a sua pena nestes anos todos? Já não estavam satisfeitos com isto? E que ele vivesse o seu final de seu jeito.

– O que mais você quer de mim, filho? Quer que eu me mate na sua frente? Bem típico de você e seus amigos, mas já me retirei da sua vida, da vida de todos vocês, isto não basta? Imagine-me morto, suicidado, trucidado, e tudo se resolve para você, acabou-se.

O seu olhar estava preocupado agora, mas ele continuou.

– Você me telefonou, não eu... Você me procurou, não eu... De qualquer forma, sinta-se agora já livre de sua promessa, já a cumpriu, já me fez o favor de me avisar, de me fazer sentir bem pior do que normalmente me sinto...

Todos conhecemos aquele silêncio incômodo, pois foi justamente isto que perdurou por uma imensidão de tempo. Foi ele que agora de novo rompeu com o silêncio:

– Por favor, filho, vá embora... Me deixe, volte para sua vida imperfeita como você gosta de sarcasticamente chamar. Junte todas as suas ironias, perca todos os amigos mas nenhuma piada. Que merda! Por que você foi aparecer afinal? Já não me bastam os fantasmas, ainda tenho que aturar os que estão vivos ainda...

– Pai, você quer ouvir a minha versão?

– Diego, por favor, vá embora...

– Eu ainda era Dieguinho quando você a matou...

– Eu não matei ninguém, por que é tão difícil você aceitar isto... É tão mais conveniente a você dizer que eu a matei, nunca entendi isto direito, foi um acidente, porra! – ele se exasperava só de pensar naquilo, por que o Diego lhe torturava assim?

– Tá bom, digamos que foi um acidente, não interessa, pai, eu não vim discutir isto, pai. Eu ainda era Dieguinho quando ela... ela... morreu, está bem assim?

– Não faça isto, você já era bem crescidinho sim. Nada de Dieguinho, nada de pobre criança órfã e indefesa, cresça de uma vez, filho! Já é hora! – Diego ignorou o comentário, estava agora preocupado em manusear a arma sob o olhar atento e preocupado do pai. Ao notar o desespero do pai, sorriu e disse:

– Você sabe que eu nunca atirei? Nunca precisei usar uma arma de fogo. Sou mais romântico, prefiro as armas brancas, a ironia... Também não gosto de veneno...

– Lá vem você de novo com esta estória... Foi um acidente, caralho!

– Pai, morrer envenenado é a pior das mortes...

– ... E você conhece todas as mortes, não é? A pior das mortes... Deve ser quando um filho vem lhe avisar que já é hora...

– Que singelo... – Diego riu. – Mas, pai, não vai adiantar.

Uma pausa e continuou a provocação.

– Não sei porque, mas sempre achei que arma de fogo era uma covardia, sempre me pareceu que não dava chances ao adversário, é esta minha visão romântica da imperfeição – ele ria para si mesmo. Mamãe dizia que a violência era inimiga da perfeição, por isso fiquei Diego, o imperfeito, lembra, pai? Brincávamos com isto a cada vez que eu vinha todo estropiado de uma briga na escola, o imperfeito Diego. Diego, o imperfeito. Mas a minha arma era a ironia, arma branca, pai! E só com o tempo fui percebendo que a ironia é uma faca de três gumes, corta até por onde menos se espera... A ironia é uma arma cruel, pai, as pessoas sentem mais do que se fossem feridas com uma faca de verdade, machuca mais, sangra mais, machuca mais fundo, machuca diferente, a reação é sempre desproporcional. Por isso, o imperfeito aqui teve que aprender a se defender de muitas outras maneiras, mas mesmo assim, nunca quis atirar, era covardia, é! Talvez eu estivesse guardando este momento para algo especial, atirar pela primeira vez. Viu o quanto te considero, pai? Deixar você testemunhar este momento especial em minha vida. Abdicar de um princípio em seu nome, pai.

Ele via a seriedade no rosto do filho, não podia evitar acompanhar com seus olhos a movimentação daquelas mãos imperfeitas manuseando a arma, tirando e recolocando as balas.

– Eu a peguei hoje cedo com um amigo, nem tenho muita prática com ela, você vê, pai? Estou ainda aprendendo – disse isto quando deixou cair um par de balas ao chão. Mas sei que você irá relevar tudo isto, você sempre foi compreensivo, sempre condescendente com os filhos, pobres coitados à sua sombra... – sorriu ao ouvir a sua própria fala, agora um pouco mais melancólica.

Agora tudo acontece muito rapidamente. Ele jogou-se sobre o filho com uma agilidade espantosa, era a sua única chance. Atracaram-se por alguns minutos e, era de se esperar, ao final ele estava ao chão, humilhado, enquanto Diego se recuperava do pequeno susto.

– Patético isto pai...

De rosto ao chão, ele começou a chorar.

– Deixa de drama, pai, ou você achava que iria viver para sempre?

Mas o pai não desistiria. Em um último esforço, ainda tentou alcançar a arma. Era franzino frente ao imperfeito Diego, ato desesperado, desesperador.

– Pai, se você ainda tinha alguma dúvida...

Se ele tinha alguma dúvida, ela se esvaiu naquele instante. Tinha perdido a razão totalmente. Ficou ali, deitado, jogado ao chão, esperando o desfecho. Não tinha feito o que o acusavam, a justiça o absolvera, não era certo o que faziam com ele agora. Chorou, o que lhe restava afinal? Por muito tempo, ainda tentara refazer sua família, seus amigos e justamente agora, no momento em que desistira de vez e iria cuidar só de sua vida, ele sentia o seu mundo desabar de vez, será que o filho estava certo? Que já tinha chegado a hora do elefante? Estava cansado, desanimado. Seus olhos fechados, não queria abri-los mais, não viam os movimentos inquietos de Diego por aquela sala, ele só ouvia os seus passos e esperava. Esperava pelo momento em que o filho iria usar pela primeira vez a arma emprestada, que iria romper com seus princípios e atirar, e usar uma arma covarde, como ele próprio dizia. Ouviu um barulho seco, estava desesperado, e apertou mais os olhos.

Aos ouvidos do vizinho de andar, o ruído de uma porta batendo quase que se iguala ao de um tiro, ele de fato ouviu os dois ruídos, mas a dúvida persiste em sua mente sobre qual é qual. Dois ruídos muito próximos no tempo e ele não soube distinguir qual dos dois ruídos que ouviu veio primeiro. Se primeiro o ruído da porta batendo e depois o do tiro. Ou se vice-versa...

Itaim, julho de 2006.

Minhocão IV

Estamos nos enganando nesta cidade, benzinho. Cada vez que saio para dar uma volta por estas ruelas cinzentas e fétidas sei que na realidade estou apenas dando uma pausa para a nossa vida, para o absurdo cotidiano daquele apartamento de trinta metros quadrados e carros passando à altura de nossos ouvidos. Você não sai, você nunca sai, diz que lhe dá nos nervos ver todo o cinza da vizinhança, o lixo, os crimes, sentir o fedor e a possibilidade de morrer atropelada, em uma destas tantas esquinas da cidade, que esquina é o que não falta nela. Digo que vou sair e você retruca que morrer atropelado é a pior das mortes, é o símbolo supremo de que algo deu errado em nossa civilização e segue falando. E digo que só vou dar uma volta, e nos aborrecemos mutuamente.

E eu saio e você seguirá assistindo à sua televisão. Nos velhos tempos, eu ainda lhe provocaria dizendo que pior que morrer atropelado, é morrer de câncer, tamanha a radiação que você recebe da televisão e receberia como resposta que é muito mais digno morrer desta forma que... E seguiríamos discutindo sobre a melhor maneira de morrer e por horas criaríamos várias teorias sobre as várias coisas, por isso gostávamos tanto um do outro.

Naqueles tempos ainda exercitávamos nossas mentes neste jogo estúpido. Mas hoje não. Hoje eu saio e você segue assistindo à sua televisão. Ambos já meio surdos devido àquele zumbido irritante e constante em nossa vida por conta destes carros todos que passam à altura de nossas janelas. Definitivamente, estamos nos enganando nesta cidade, benzinho. Saio, mas logo estarei de volta.

Saio, percorro lentamente estas ruas vazias, não muito longe de você, sentindo o cheiro podre delas, como você costuma me dizer, estamos sim nos enganando com este aroma, com este fedor de lixo impregnado nestas esquinas. Nesta tarde modorrenta de sábado, ainda as pessoas estão trancadas em casa se ensurdecendo. Vez ou outra, eu escuto o barulho sincronizado e irritante das televisões ligadas nos mesmos canais de sempre, naqueles mesmos programas de sempre, naquelas vozes de sempre, as mesmas piadas de sempre, a mesma falsa ética de sempre. Um sábado é igual a outro sábado qualquer, nesta parte da cidade. Ou será que é a televisão que passa sempre o mesmo programa? Sim, querida, estamos definitivamente nos enganando nesta beira do viaduto, os carros passando à altura de nossos ouvidos, ensurdecendo-nos aos poucos, de forma implacável, quebrando o ruidoso silêncio desta cidade. E nos aborrecendo mutuamente, de forma implacável e constante.

Só tem um dia do ano em que vemos vida neste viaduto, milhares de pessoas celebrando e correndo em busca de um novo ano que, dizem, está ali ao final do viaduto, depois daquela curva, como se fosse o final de um grande arco-íris. E nós, o prédio todo, todos os infelizes moradores daqueles apartamentos de trinta metros quadrados, neste dia nem no reconhecemos. Gritamos, brincamos, jogamos água nos corredores, celebramos também o único dia em que é proibido, por lei, não se ter esperanças, em que se corre em direção ao novo. E me pego de novo, com estes meus pensamentos, parado em uma esquina, alguns caixotes misturados a outros lixos empilhados, frente à loja que foi a última a fechar hoje nesta região. De agora a segunda, só os poucos botecos estarão abertos, onde pessoas como eu tomarão suas cervejas solitárias, acompanhadas pelos donos de botecos que se distraem, mexendo nos poucos copos limpos e assistindo a jogos de futebol sem nenhum interesse. Alguém perguntará o placar e suas respostas automáticas, seus desinteresses, não esclarecerão nada. Quem se importa, afinal?

Ainda na esquina, levanto os olhos e, por uma fresta entre os prédios consigo ver o Minhocão, mas é só. Ouço os carros passando a uma distância segura de minha crescente surdez, como tem carro nesta cidade! Distraído, tento atravessar a rua mas um carro, importado, vindo de sei lá onde, quase me atropela. Recuo instantaneamente e penso na pior das mortes. Nos últimos tempos, tenho redobrado minha atenção para não lhe dar este gostinho, a pior das mortes, o símbolo supremo de que algo deu errado em nossa civilização, mas hoje... Estava nisto quando percebo que o carro parou, saiu de lá um cara todo arrumado e que vem agora em minha direção. Não quero encrenca, viro o rosto, finjo que não é comigo, atravesso a rua e sigo em frente. Por trás, ouço ele dizer:

– Vitor?

É instintivo, viro-me. Vitor sou eu, ou melhor, sou um dos tantos desta cidade maldita.

– Vitor? - ele repete.

– Sim... – fico olhando-o sem reconhecer, com uma cara de abobalhado, deve ter a ver com a crescente surdez.

– Você não está se lembrando de mim, não é ?

Sorrio amarelo e ele me dá um tempo para que eu me lembre dele, sorrindo, fazendo caretas, uma eternidade esta tortura, será que eu não posso cuidar de minha vida, enquanto você cuida da sua? Quem realmente se importa se nos reconhecemos e nos abraçamos e nos confraternizamos e ponto final? O que iria realmente mudar em minha vida se eu te reconhecer neste momento? E ficamos nesta, ele tentando me fazer lembrar de algo, que sei lá se é importante e eu pouco me lixando e pensando em como seria bom estar sentado em um bar, com uma cerveja, sem ninguém me aporrinhando, e esta situação ridícula só é interrompida pela voz que vem de uma televisão do apartamento bem aqui na esquina, anunciando os comerciais...

– Lembra? Colegas do segundo grau...

Não lembrava, e quem se importa? Seria muito deselegante mandá-lo passear? O que me segura realmente aqui, escutando-o?

Deve ter algo a ver com alguma coisa que me ensinaram quando era criança, mas o que realmente? Divago mas não escapo...

A próxima meia hora foi um turbilhão de lembranças por um lado e respostas monossilábicas por outro, uma verborrágica e exaustiva sessão de tortura e nostalgia. Será que ele vai querer me vender alguma coisa ao final desta conversa? Fomos tomar uma cerveja, o que não foi de todo mal, *eu convido em nome dos velhos tempos,* ele me disse com uma euforia despropositada. E prosseguia lembrando de tanta coisa que eu pensava já ter soterrado, estes fantasmas que pensei terem desaparecido. Até que:

– E a Andréia, você se lembra?

Opa! Fingi desinteresse, mas apurei meus ouvidos e ele continuou, tem gente que não precisa de interlocutor, apenas alguém presente, fingindo escutá-lo para não parecer que é um louco falando sozinho.

– Ela continua gostosa, cara, gostosa mesmo... A gente tem se encontrado às vezes, você precisa ver só o que ela é capaz de fazer. Sabe, Vitor? – ele chegou mais perto – pouca gente sabe mas fui eu que tirei a virgindade dela, foi uma loucura... Foi, cara, no segundo ano. Depois ela começou a dar pra todo mundo, todo o colégio a conheceu... Mas eu...

Todo? Menos eu, quero dizer, não naquela época. Sabe aquela garota do colégio que dá para todo mundo e para você ela diz *eu te gosto como um irmão*? Sim, isto era Andréia e eu... Quer dizer, isto até, quase dez anos depois e já na fase da vida em que a esperança se torna um artigo de luxo, quando começamos a viver juntos e nos aborrecermos mutuamente.

– ... Mas eu fui o primeirão!

Ele levantou o copo para um brinde, que eu distraído fingi não acompanhar. Brindava o que realmente, o escroto?

– Ah! Vem cá! Você mora por aqui, não é?

– Hã hã...

– É que a Andréia disse que mora por aqui também, você não sabe onde, sabe? A gente sempre se encontra perto da Paulista, tenho um flatzinho por lá, sabe como é, né? E neste final de semana, a patroa viajou e eu pensei... Por que não comer a Andréia hoje? Ela sempre reclamou da solidão, que vivia sozinha por estas bandas, lugarzinho feio por sinal...

É, lugarzinho feio... Ao que parece, a única coisa bonita deve ser o seu carro importado não é? Aquele que a gente consegue ver daqui, quer dizer, eu vejo, você está de costas nem consegue ver o par de garotos que agora o está rodeando com cuidadoso interesse.

– Você sabe onde ela se esconde, sabe? – ele insistia – Dou um banho de loja nela e vamos pras baladas.

Olho para ele com desdém, mas sem dizer palavra. Ele finaliza sua cerveja, pede a conta apressado, repentinamente deve ter descoberto que tem coisas melhores para fazer do que ficar tentando me fazer compartilhar com o seu entusiasmo. Percebo então que os garotos se afastaram e que tem dois marmanjos escondidos na esquina, de espreita. Ele, de costas, nada percebe, paga a conta, se despede e vai. Eu deveria ter dito algo a ele mas, justamente no momento que ele sai do bar, minha boca estava ocupada com a espuma de minha cerveja e depois, bom... Depois foi tarde demais. Tarde e rápido demais. Um grito, um tiro, dois caras correndo *sujou... Sujou.* Curioso, corro para lá e já não estou só, a rua se encheu repentinamente. Toda aquela gente ao lado do corpo, estamos nos enganando nesta cidade.

De repente, minha mente se enche de lembranças. Agora sim, vem tudo muito claro, agora me recordo bem do escroto colega do segundo grau. Prudentemente, saio dali e volto para casa convencido que sim, que ele foi parte de minha vida, a parte invisível de meus problemas com Andréia e tudo o mais. De estarmos nos enganando nesta cidade, definitivamente isso.

Abro a porta e entro, escuto a televisão ligada em um daqueles programas barulhentos de sempre e você deitada no sofá, roncando de boca aberta pateticamente. Vim preparado para lhe contar algo, mas parece que isto terá que esperar. Não importa, estamos nos machucando mutuamente neste apartamento, mas talvez você gostasse de saber que o seu amante acabou de levar um tiro. Mas talvez preferisse saber por outra pessoa, a gente nunca foi muito bom de confidências mesmo. Desligo a televisão e vou à cozinha procurar algo para comer.

Itaim, maio de 2006.

Impresso em setembro de 2007, em papel off-set 90 g/²,
nas oficinas da gráfica Palas Athena.
Composto em Arno Pro, corpo12

Manuela Editorial Ltda.
Rua Dr. Amâncio de Carvalho,192/206 - Vila Mariana
04012-080 São Paulo, SP
Telefone: (11) 5085.8080
livraria@artepaubrasil.com.br
http://www.artepaubrasil.com.br